LA STAGIAIRE

UNE ROMANCE DE MILLIARDAIRE BAD BOY

REBECCA ARMEL

TABLE DES MATIÈRES

1. Première partie — 1
2. Elisa — 6
3. Damon — 12
4. Elisa — 21
5. Damon — 27
6. Elisa — 31
7. Deuxième partie — 37
8. Elisa — 42
9. Damon — 48
10. Elisa — 53
11. Damon — 58
12. Elisa — 63
13. Damon — 70
14. Troisième partie — 75
15. Damon — 83
16. Elisa — 91
17. Damon — 100
18. Elisa — 107
19. Quatrième partie — 113
20. Elisa — 121
21. Damon — 129
22. Elisa — 136
23. Damon — 144
24. Cinquième partie — 150
25. Damon — 157
26. Elisa — 164
27. Damon — 175
28. Elisa — 184
29. Damon — 192
30. Elisa — 200
31. Damon — 208
32. Elisa — 213

33. Damon 220

Publishe en France par:
Rebecca Armel

© Copyright 2020

ISBN-978-1-64808-189-7

TOUS DROITS RÉSERVÉS. Il est interdit de reproduire, photocopier, ou de transmettre ce document intégralement ou partiellement, dans un format électronique ou imprimé. L'enregistrement électronique est strictement interdit, et le stockage de ce document n'est pas autorisé sauf avec permission de l'auteur et de son éditeur.

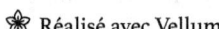 Réalisé avec Vellum

DAMON

Je suis le président d'une des meilleures entreprises d'architecture du monde, reconnue de tous dans le milieu. Je m'implique dans tous les aspects de la compagnie, mais faire passer les entretiens aux stagiaires chaque année est ce que j'aime le moins.
Cela fait partie de l'entreprise, et c'est un excellent apprentissage pour les élèves, alors je continue à en accepter tous les ans. Mais en général, je laisse à mes managers, qui connaissent mieux nos équipes, le soin de choisir qui nous allons engager parmi les nombreux candidats.
Mais dès qu'Elisa est entrée dans la pièce, ça ne m'a plus du tout été égal. Elle est absolument tout ce qui m'attire chez une femme : douce, innocente et inexpérimentée. Elle est réservée et intelligente, et je me suis battu pour qu'elle ne soit pas engagée dans l'entreprise, contre l'avis de toutes les autres personnes présentes au cours de l'entretien.

Elisa

Je suis très enthousiaste à l'idée de passer un entretien pour être stagiaire à Elkus Manfredi Architecture. C'est une opportunité énorme, qui m'aidera beaucoup dans l'avenir. J'ai d'excellents résultats à l'école et j'ai même obtenu une recommandation, ce qui est loin d'être évident. Je me suis habillée avec soin pour la circonstance, j'ai bossé mon CV pour mettre en valeur mon expérience, et je suis entrée dans le bâtiment la tête haute.

Jusqu'à ce que je l'aperçoive : le plus bel homme que j'ai jamais vu de ma vie. Je l'ai d'abord remarqué dans l'ascenseur, et ensuite dans la salle d'entretien.

J'ai su immédiatement que, que je sois engagée ou pas, je n'oublierai jamais l'effet qu'il me fait. La chaleur que je sens naître en moi lorsque je le regarde, le frisson qui monte des tréfonds de mon être.

Arriverai-je à travailler avec lui ? À ignorer l'intensité qui existe entre nous, et à me focaliser sur mon avenir ?

1

PREMIÈRE PARTIE

DAMON

Il fait encore nuit lorsque je quitte le bâtiment où se trouve mon appartement, et l'air est frais. Le portier me dit d'être prudent. Je le salue d'un signe de tête et commence à m'éloigner. J'adore Boston à l'automne. L'été, il y a trop de monde qui fait son jogging et qui se met en travers de mon chemin, ce qui me met de mauvaise humeur. Je commence à courir d'un bon pas et je me dirige vers le parc Boston Common. Les rues sont vides, à part quelques taxis et des personnes qui se rendent sur leur lieu de travail. C'est dans ces moments que j'aime la ville. Lorsque je peux me concentrer.

Dans le noir, j'inspire profondément l'air glacé et je continue à courir sur le sentier qui mène au centre du parc. Tout le décor reflète la saison ; les feuilles dans des tons de jaune, d'orange et de rouge s'entassent sur le bord des chemins. Je suis content de passer à cette heure-ci et non plus tard, lorsque tout le monde se réunira avec son appareil photo en se pâmant sur la beauté des couleurs et des feuilles.

Oui, c'est plutôt joli, et moi aussi j'apprécie l'automne. Je ne vois simplement pas l'intérêt d'en parler. J'ai besoin de tranquillité. Je souhaite juste réfléchir à ma journée, et me préparer pour l'entraînement physique d'une heure que j'effectuerai après avoir couru dix kilomètres. C'est mon rituel matinal, suivi d'une longue douche chaude avant de m'habiller pour aller au travail.

Je suis le PDG d'une des meilleures entreprises d'architecture au monde, Elkus Manfredi. L'entreprise existe depuis cinquante ans et possède des bureaux dans les plus grandes villes à travers le monde. J'aurais pu travailler n'importe où, mais je préfère rester à Boston. Je connais bien la ville, et je peux m'y déplacer sans problème. Il m'arrive quand même de voyager lorsque c'est nécessaire. J'apprécie un peu de changement dans la routine de mon quotidien, et j'aime découvrir d'autres aspects de l'entreprise. Je suis fier des progrès que je constate ces six dernières années.

Mais je ne me sens vraiment chez moi qu'ici.

Je dépasse l'étang en dispersant les feuilles sur le sentier. Le vent souffle autour de moi. Je porte mes nouveaux vêtements de sport, légers et confortables, mais assez chauds pour être à l'aise. Je cours à un rythme égal en laissant mon esprit vagabonder, et je pense à la journée qui m'attend.

Tous les automnes, l'entreprise engage des stagiaires qui viennent des meilleures écoles de la région, en fonction de nos besoins. Cette année, nous recherchons deux personnes pour les équipes qui conçoivent les bâtiments. Certaines de nos créations sont célèbres à travers le monde entier. Je ne travaille pas directement avec les stagiaires, mais je suis présent dans la pièce le jour de leur entretien d'embauche. Je veux m'assurer de leur valeur pour l'entreprise, parce qu'après leur remise de diplômes, en général nous envisageons de les engager. Par contre, je ne m'occupe pas de leur formation ; j'ai déjà suffisamment à faire.

C'est mon père qui m'a montré ce que c'était que de travailler dur. Il a géré une entreprise de construction jusqu'à sa mort, d'une crise cardiaque lorsque j'avais onze ans. Je passais mes étés à ses côtés, et j'apprenais le plus possible. Être né dans une famille aisée ne m'a pas rendu fainéant, et moi aussi, je souhaitais un jour être à la tête d'une entreprise florissante.

Ce n'est pas grâce à mon père que j'en suis arrivé là dans cette entreprise. Comme à onze ans, j'étais trop jeune pour reprendre sa compagnie, c'est son frère qui l'a fait, et il l'a ruinée en moins de trois ans. Je me suis toujours promis de réussir là où il avait échoué.

C'est mon beau-père qui occupait ma place avant moi, jusqu'au jour où il a décidé de prendre sa retraite pour voyager avec ma mère, à l'âge de cinquante-trois ans. Maman a cinq ans de moins que lui, et ils sont en bonne santé, donc ils ont décidé de vivre des aventures à travers le monde.

En me remémorant ces années, je cours jusqu'à la statue avant de reprendre le chemin inverse. D'autres personnes auraient pu prendre la tête de l'entreprise, des hommes avec plus d'expérience et beaucoup de talent. Mais Kenneth savait ce que je valais : intelligent, ambitieux et avec l'esprit pour les affaires. Il m'a proposé la place de PDG. Certaines personnes m'en veulent à cause de ça, et me haïssent même. Je peux les entendre chuchoter sur mon passage, mais ça m'est égal. L'entreprise est devenue florissante depuis que j'ai pris la suite. J'ai cinq managers avec qui je m'entends bien, et avec qui je peux discuter de mes idées en sachant qu'elles restent entre nous.

C'est eux qui seront présents avec moi au cours des entretiens d'embauche qui se tiendront dans quelques heures. Les stagiaires travailleront sous leurs ordres, et leur opinion est importante pour moi, même si je veux avoir le dernier mot concernant la décision finale. Ils le comprennent, et en général tout se passe bien. Nous avons engagé définitivement plusieurs employés suite aux stages.

J'ai changé plusieurs choses au sein de l'entreprise lorsque j'ai pris mon poste, et je m'étais posé la question de savoir si je devais encore employer des stagiaires. Mais Kenneth m'en a expliqué l'intérêt. Cela améliore l'image de l'entreprise, et donne l'opportunité d'un bel avenir à quelques étudiants brillants qui travaillent dur, ou leur offre au moins une expérience professionnelle de valeur. Je l'ai compris, et j'ai conservé le système, même si je redoute les entretiens chaque année. Certains jeunes sont encore des idiots complets, et je me demande sincèrement comment il est possible qu'ils aient de bons résultats à l'école.

Après avoir obtenu mon bac avec les félicitations à la Phillips Academy, j'ai fait des études à l'université. Je possède un diplôme en commerce avec une option en comptabilité, ce qui me paraissait utile pour mes ambitions. Même sans bourse, je n'ai pas eu de problèmes d'argent ; je vivais dans l'un des appartements les plus luxueux de la ville. J'ai obtenu ma licence en trois ans sans difficultés.

Arrivé sur le boulevard, je tourne au coin de la rue et me dirige vers la salle de sport située dans mon immeuble. Je la trouve parfaite, plus discrète et moins fréquentée que d'autres centres de sport. Je veux simplement faire mes exercices tranquillement avant de remonter chez moi pour me préparer pour le travail.

Je suis conscient des regards des femmes dans l'immeuble. Mais je sais aussi que la plupart d'entre elles ne sont pas ce que je cherche. J'ai des désirs plus sombres que la plupart des hommes. J'aime avoir le contrôle dans la chambre à coucher, et de nos jours, les jeunes filles ont trop de caractère à mon goût. J'aime les femmes dociles, prêtes à se soumettre à tous mes désirs et à obéir à mes ordres en silence.

Je fais des exercices de gainage, comme tous les mercredis. Je continue jusqu'à avoir mal, une douleur que j'endure stoïquement tout en écoutant du rap des années 80, mon petit plaisir. Je poursuis plus longtemps que d'habitude, et je pousse un juron en remarquant l'heure alors que j'attends l'ascenseur pour monter dans mon appartement, qui occupe tout un étage. Je prends une douche en vitesse, puis j'arrange ma chevelure en piques jusqu'à ce que je sois satisfait de mon reflet dans le miroir, à l'image du patron que je suis. Enfin, je sors de chez moi dans mon costume Armani parfaitement coupé.

Ma voiture m'attend devant le trottoir, une Bentley flambant neuve conduite par mon chauffeur de confiance, Mark Collins. Je le connais depuis des années, et nous avons un arrangement. Il me conduit pendant que je me détends, et que je m'occupe de mes affaires professionnelles en buvant un café chaud.

C'est mon moment de paix quotidien, et je l'apprécie autant que le trajet du retour chaque soir en quittant mon travail.

2

ELISA

Dans ma petite salle de bain, je coiffe mes cheveux ondulés, un peu désespérée. Je n'ai pas le temps de les démêler si je veux être à l'heure pour mon entretien à Elkus Manfredi, alors je décide d'attacher mes boucles blondes en un chignon bas plutôt que de les laisser libres. Je lisse ma coiffure avant d'ajouter du mascara à mes yeux verts, et j'applique un peu de fond de teint pour donner meilleure mine à ma peau pâle. Enfin, j'ajoute un peu de brillant à lèvres couleur pêche, puis je passe la jupe droite noire et le blazer assorti à la chemise en soie blanche que ma meilleure amie Lorna m'a persuadée d'acheter lorsqu'elle est venue me voir de Pennsylvanie pendant quelques jours. La chemise à manches courtes n'est pas décolletée, mais reste féminine.

Je connais bien le topo. J'ai été formée pour ce genre d'entretiens, et je fais de mon mieux. Je me suis démenée pour obtenir une bourse qui m'a permis d'entrer dans une bonne école et de subvenir un peu à mes besoins. Maman cumule deux jobs juste pour arriver à survivre, alors je ne lui demande pas d'argent. En fait, une des raisons pour lesquelles je travaille si dur est de pouvoir prendre soin d'elle dès que possible. Elle a à présent cinquante-cinq ans, et j'aimerais qu'elle puisse vivre dans un endroit plus décent que le quartier défavorisé où elle vit actuellement, et aussi qu'elle puisse lever un peu le pied. J'ai envie de prendre soin d'elle, après qu'elle ait fait de son mieux pour m'élever en tant que mère célibataire depuis que mon père nous a abandonnées quand j'avais cinq ans. Sa mère l'a un peu aidée au début, mais elle est morte quand j'avais treize ans et maman a dû travailler encore plus dur pendant que je restais seule à la maison.

Je ne me plaignais pas, et j'étais une fille sage. Je faisais mes devoirs et je passais mon temps à étudier. Je n'avais que quelques amis proches, et je restais à la maison au lieu de sortir avec eux à cause de nos problèmes financiers. J'ai été ravie de décrocher un job comme professeur particulière, ce qui m'a permis de ramener un peu d'argent à la maison, et je travaillais dur après l'école. Ce rythme était un peu épuisant, mais c'était ma vie.

D'ailleurs, ce n'est pas plus facile à présent. Je partage un appartement avec cinq filles. Mais cela me permet d'économiser un peu d'argent, et de faire quelques bons repas par mois. L'internat est au-dessus de mes moyens. Partager une chambre n'est pas facile, mais Melody est une fille calme, comme moi, et on arrive à se supporter.

En jetant un œil à l'heure sur le réveil posé sur ma table de nuit, je mets mes chaussures noires à talons. J'ai le ventre noué. Je sais que je suis qualifiée pour ce stage, et avec l'aide de mes professeurs, je vais le prouver aujourd'hui. J'ai de bons résultats scolaires ; d'ailleurs, j'ai parfois l'impression que je ne suis douée que pour ça. Grâce à eux, je serai admise dans cette entreprise, où je pourrai essayer de me faire engager pour avoir un avenir stable. Même si je n'étudie pas l'architecture, je sais que Elkus a une très bonne réputation internationale dans le monde des affaires. L'entreprise a construit certaines des plus beaux bâtiments au monde, et elle est très généreuse avec ses employés. Je pourrais trouver un endroit décent où habiter avec ma mère, et peut-être même l'ajouter à ma couverture sociale. J'ai fait quelques recherches, lorsqu'on m'a fait remarquer que j'étais une des rares étudiantes à avoir obtenu une recommandation. Je me suis vite rendue compte qu'il serait stupide de ma part de ne pas tenter ma chance en me rendant à cet entretien.

Je prends mon sac à main bon marché et sors de l'appartement. Sur le trottoir, je cherche des yeux l'Uber que j'ai commandé. J'habite trop loin de l'entreprise pour y aller à pied, même si je ne portais pas des chaussures à talons. Si je suis prise, il va falloir que je trouve un moyen pour me payer ces trajets. Au moins, je peux me rendre à l'école en bus.

Une petite Focus jaune est garée le long du trottoir, et une jolie jeune fille rousse semble chercher quelqu'un. « Elisa ? » me demande-t-elle en passant la tête par la fenêtre. J'acquiesce et m'installe à l'arrière. « Où allez-vous ? » me demande-t-elle en démarrant la voiture. « Un entretien d'embauche ?

Pour un stage. Je n'aurai mon diplôme que l'année prochaine, » je réponds avec un petit sourire. Elle donne un coup de volant sec pour s'insérer dans la circulation. J'avale ma salive en espérant que le trajet se passe sans encombre. Je déteste les taxis et les transports publics. La jeune fille conduit de manière saccadée en chantant à tue-tête par-dessus la radio, et elle prend les virages presque sans freiner. Mon estomac se retourne plusieurs fois, mais je ne dis rien.

« Bonne chance ! » me dit-elle avec un grand sourire en se garant devant le bâtiment imposant. Je la remercie et je sors de la voiture, regrettant de lui avoir laissé un pourboire de cinq dollars sur le site. C'était stupide de ma part, je n'en ai pas les moyens. Je regarde la grande baie vitrée immaculée qui reflète toute la rue. Je vérifie ma tenue d'un coup d'œil dans une vitre, et je serre les lèvres en passant la porte.

En entrant dans l'immense salle d'accueil, je m'approche du bureau pour prévenir de mon arrivée. Une femme blonde à l'air très froid et très artificiel m'indique les ascenseurs en me disant de me rendre au dixième étage, et que la réceptionniste là-haut m'indiquera où aller. Je la remercie et je sens son regard me détailler de haut en bas avec réprobation alors que je m'éloigne. Je décide de ne plus y penser en appuyant sur le bouton d'appel, et j'attends avec un groupe de personnes habillées comme moi, qui se répartissent entre les trois ascenseurs lorsque les portes s'ouvrent.

Je me retrouve avec deux garçons et deux filles qui discutent de l'entretien nerveusement. Je reste silencieuse, tout en leur jetant des coups d'œil et en me demandant s'ils sont mieux habillés que moi pour l'occasion, et s'ils vont dans une meilleure école que la mienne. On semble tous avoir à peu près le même âge. Lorsqu'un des garçons me regarde, je baisse les yeux. « Toi aussi, tu es là pour ça ?

Pour l'entretien ? Oui, moi aussi. » je lui réponds en souriant, et il hoche la tête en me regardant avec insistance.

Je me sens mal à l'aise, et je suis soulagée lorsque l'ascenseur s'arrête au cinquième étage. Les portes s'ouvrent et révèlent un homme magnifique qui entre et vient se placer à côté de moi. Le garçon qui me dévorait des yeux détourne le regard, et je frissonne en serrant mes bras autour de ma poitrine. Je sais que j'ai des formes généreuses dont je peux être fière, mais je n'aime pas trop ce genre d'attention. Du coin de l'œil, je vois que l'homme qui se tient à côté de moi fronce les sourcils, et je me demande s'il a quelque chose à voir avec le fait que le garçon ait cessé de me regarder.

L'ascenseur finit par s'arrêter au dixième étage, et je laisse tout le monde sortir avant moi. Je me sens très nerveuse, et je respire profondément pour essayer de me calmer. L'homme qui était monté en dernier passe sa main devant les portes pour les garder ouvertes pour moi. Je le remercie avec un petit sourire, et je regarde autour de moi pour retrouver le reste du groupe, qui s'est réuni au centre du couloir.

Tout est magnifique ici. Je n'ose même pas imaginer combien de mètres carrés compte l'immeuble, et tout est propre, voire reluisant. En regardant par les grandes baies vitrées, je réalise que les vitres sont légèrement teintées pour que l'on ne soit pas ébloui de l'intérieur. Les sols semblent être faits en marbre gris, sans une seule trace de saleté. Il y a des tables et des canapés très confortables disposés un peu partout. J'ai furieusement envie de m'enfoncer dans l'un d'eux pour faire une sieste.

Je m'approche du bureau lorsque les autres se sont éloignés et en jetant un petit coup d'œil en arrière, je vois l'homme me regarder avant de disparaître dans un couloir. Il me fait beaucoup d'effet, bien que je n'arrive pas à déterminer exactement ce qu'il a de si particulier. « Bonjour. Je suis ici pour un entretien, » dis-je à la femme brune à l'air peu commode lorsqu'elle me demande mon nom. « Je suis Elisa Moore.

On vous appellera dans l'ordre d'arrivée. Installez-vous où vous voulez en attendant. » Cette femme me fait regretter le sourire chaleureux de ma conductrice de ce matin.

« Merci, » je réponds avec un grand sourire. Je souhaite faire bonne impression du début à la fin. Bon, je n'ai pas réussi avec l'homme de l'ascenseur, mais après tout, il y a peu de chances qu'il fasse partie du comité d'entretien. Il s'agit d'une entreprise immense, et même si je suis retenue, il est fort possible que je ne le revoie plus jamais.

Il était magnifique. Quel dommage que je manque trop de confiance en moi pour oser aborder un homme pareil.

Je vais m'asseoir dans un fauteuil près des fenêtres, peu encline à entamer une conversation avec les autres. Je regarde des applications sur mon téléphone pour passer le temps, et je me sens de plus en plus anxieuse à mesure que les minutes passent.

3

DAMON

Je dois retourner au dixième étage pour les entretiens, et j'attends l'ascenseur. Lorsque les portes s'ouvrent, je vois un groupe de personnes qui semblent être des stagiaires potentiels. Je les dépasse et m'installe à côté d'une jeune femme. Du coin de l'œil, je vois un des garçons qui regarde la jeune fille calme avec des yeux de prédateur, et je lui lance un regard glacé de mes yeux bleu clair. Je sais très bien ce dont les hommes sont capables. Même moi, je ne regarde pas les femmes de cette manière, et pourtant je suis un dominant. Mais j'estime que le tact est important, et maintenant que j'approche de la trentaine, je ne me permets plus ce genre de choses.

Il détourne le regard, et j'ai un petit sourire satisfait. J'observe la jeune fille en coin, et je la vois frissonner et croiser les bras sur sa poitrine qui, je dois l'admettre, est très généreuse. En la regardant discrètement de plus près, je me rends compte qu'elle aussi doit être là pour passer un entretien. Elle est jeune, et habillée dans un ensemble avec une veste de costume, une tenue courante dans le monde des affaires. Elle est magnifique, et je détourne rapidement le regard lorsqu'elle lève les yeux dans ma direction.

Magnifique, et bien trop pure pour un mec comme moi. Surtout si elle est là pour une place en stage. Malgré le grand nombre de belles femmes qui ont essayé de me séduire ici, c'est contre mes règles personnelles. Je ne mélange pas le plaisir et les affaires. Pour le plaisir, je me rends dans un endroit différent, où je suis presque certain de ne jamais rencontrer de collègues.

Nous arrivons à l'étage où je suppose que tout le monde va descendre, et le groupe de personnes qui discutait avec des voix fortes et immatures descend en premier. Je remarque que la jeune femme les laisse passer, et je m'écarte et place ma main devant la porte pour qu'elle puisse descendre.

D'après ce que j'ai vu, elle a toutes ses chances d'être prise, bien plus que les autres, même si elle semble nerveuse. Elle sort de l'ascenseur et me regarde avec des grands yeux verts qui scintillent un peu, très magnétiques. Ses joues pâles rosissent lorsqu'elle me remercie, et elle a l'air un peu perdue en arrivant dans le lobby.

Les entretiens. Fantastique. Je ne peux pas me permettre d'avoir du désir pour quelqu'un avec qui je travaille, et j'espère à moitié qu'elle laissera tomber l'entretien. Je me sens vraiment attiré par cette fille, ce qui m'arrive rarement dans mon environnement professionnel, et je préfère éviter de prendre des risques. Mon imagination commence déjà à s'emballer et à l'imaginer dans des situations osées. Je ne suis pas du genre à me refuser quelque chose que je veux, si j'en ai vraiment envie.

Je rejoins mes managers dans la grande salle de conférence et nous nous installons autour de la table avec nos carnets et du café. J'aime bien y noter de petites bribes d'informations sur les candidats, des détails qui les distinguent des autres à mes yeux, et nous comparons nos résultats à la fin. En tout, nous allons interviewer soixante-quinze personnes, dont trente aujourd'hui. D'expérience, je sais que nous allons en éliminer la moitié rien qu'en lisant leurs CV, qui sont principalement composés de leurs études, puisque ces jeunes n'ont pas encore d'expérience professionnelle. Mais on remonte jusqu'à l'époque du collège, on s'intéresse à leurs activités extrascolaires. Il ne s'agit pas d'un concours d'intelligence ; on cherche à déterminer à quel genre de personne on a affaire.

Mais nous sommes tous capables de mentir, n'est-ce pas ? Après tout, je ne parle pas de mes propres activités ludiques. Je suis même très réservé sur ce sujet.

Nous commençons à les faire entrer, l'un après l'autre. La plupart des candidats sont jeunes et immatures, malgré leurs recommandations et leurs CV bien brossés. Ils ne sont pas encore prêts pour cette étape, et je les élimine mentalement dès qu'ils sortent de la pièce. Lorsque le jeune goujat que j'ai vu dans l'ascenseur entre et s'assoit, je prends soin de le dévisager durement et je le vois pâlir. Il n'a aucune chance d'être retenu.

J'écoute distraitement les entretiens des trois candidats suivants et je les trouve ennuyeux au possible. Je vois que ma tolérance s'amenuise, et je jette un coup d'œil à ma Rolex. J'ai besoin d'aller manger un morceau, ou au moins de m'isoler un peu dans mon bureau pour décompresser de toutes ces âneries.

Je regarde la liste, et je vois que la suivante est une femme, Elisa Moore. Je bois une gorgée de café tiède, et la porte s'ouvre pour la laisser entrer. Je m'assois immédiatement plus droit sur ma chaise en la voyant. Sa peau pâle, et ses yeux inoubliables. Elisa sourit, mais je vois bien qu'elle est terrifiée lorsqu'elle s'assoit à la table. Un des managers vient prendre son CV.

Je la regarde fixement pendant qu'elle tend le papier, et lorsqu'elle regarde dans ma direction, je vois de l'effroi teinter son visage un instant. Elle aussi m'a reconnu, et ça m'excite de la voir rougir lorsque je me lèche les lèvres. « Mademoiselle Moore, » commence Brent, et je me force à regarder son CV.

Elisa est exactement la personne qu'il nous faut, et ça me fait vraiment chier. Elle a déjà une expérience professionnelle, et de très bon commentaires de la part de ses employeurs. Elle a eu exactement les expériences extrascolaires que nous recherchons, que ce soit pendant le collège ou le lycée, et elle a toujours obtenu les meilleures notes possibles chaque année. Elle est la meilleure élève de sa classe à la fac, ce qui en soit est déjà impressionnant.

Elle serait un atout précieux pour cette entreprise, si seulement je ne sentais pas ma queue réagir à sa présence, sous la table. Je l'imagine attachée à mon lit, les jambes écartées, sa chatte rose exposée et prête à me recevoir.

Je sens qu'elle n'est pas à l'aise pour répondre à nos questions, mais elle a été bien entraînée. Elle répond avec juste ce qu'il faut d'enthousiasme, et elle donne une impression de confiance en elle. C'est exactement ce qu'on recherche, et en regardant mes collègues je vois des sourires sur leur visage. Merde, il vaut mieux que je fasse quelque chose avant qu'il ne soit trop tard. Je sens la sueur couler le long de mon dos lorsque Jacob la remercie d'être venue avec un sourire et une attitude bien plus chaleureuse qu'avec les autres candidats. Il lui dit qu'on la tiendra informée rapidement, et elle nous remercie en prenant le temps de regarder chacun d'entre nous dans les yeux. Elle me regarde juste un peu moins longtemps que les autres.

Elisa se lève, et je regarde son déhanché alors qu'elle sort de la pièce, avec une très forte envie de la mettre à quatre pattes pour révéler son cul nu. Je peux voir que ses fesses sont rondes et appétissantes, et je les imagine rougies par la trace de mes mains... et plus encore. La porte se referme, et Ryan repose son stylo. « Encore une comme elle, et on a ce qui nous faut. Est-ce que vous en avez marre de discutailler, vous aussi ? Je suis affamé.

Je vais dire à Brynn de commander des sushis, et on pourra

discuter dans le petit bureau. Mais je pense qu'on est tous d'accord pour Elisa, » dit Brent en sortant son téléphone pour envoyer un message. Il s'étire.

Non, on n'est pas d'accord. Peut-être qu'elle ne leur fait aucun effet, mais ce n'est pas mon cas. J'ai envie d'elle, de tout mon être. J'ai envie de lui faire crier mon nom.

« Je vais prévenir Rachel qu'on fait une pause pour déjeuner. On reprendra dans quelques heures, » déclare Ryan en se levant, suivi par les autres. Je suis le dernier à me lever et à quitter la pièce. J'ai l'impression que je peux encore sentir son odeur, un parfum de fleur de cerisier. Bordel de merde. Nous entrons dans un petit bureau, où nous ne serons pas dérangés. Je fais couler du café, et je m'assois en me massant les tempes pour essayer de calmer la migraine que je sens monter pendant que les autres discutent des entretiens.

« On prend Elisa. Elle est parfaite pour nous, » dit Brent en buvant une longue gorgée de sa canette. « Pete aussi semblait pas mal. »

Le connard. Hors de question qu'il travaille ici.

« Je n'ai aimé ni l'un ni l'autre, » dis-je tranquillement. Ils me regardent tous, étonnés.

« Comment ça, Damon ? Elle est super, et son dossier est impeccable. Elle n'a pas seulement le profil pour être stagiaire, elle pourrait être engagée, » me fait remarquer Ryan. Je bois une gorgée de café.

« Elisa est jeune, et Pete... a l'air d'être un connard, » je déclare en fixant mes collaborateurs.

« Et bien, évidemment, ils sont encore étudiants, ils sont forcément jeunes, » fait remarquer Brent. Je réfléchis à un autre argument. Au fond de moi, je sais que je ne peux pas permettre qu'on l'engage.

« Elisa est superbe, mais on connaît les règles. On ne mélange pas le travail et le plaisir. Elle est fantastique, » remarque Ryan, et je fais un effort pour ne pas lui lancer le même regard qu'à Pete.

Des livreurs nous apportent des plats de nourriture et des assiettes et mes managers réagissent avec enthousiasme. Je suis le dernier à me lever pour remplir une assiette avec quelques sushis, puis je me rassois en bout de table. « Bon, on est tous d'accord pour retenir Elisa, c'est bon ? » demande Ryan, et il me regarde en dernier.

Je dois penser au bien de l'entreprise, et je finis par hocher la tête lentement en mâchant un sushi au saumon. Une fois que j'ai avalé, je déclare à Pete : « Par contre, je ne veux pas de lui. Il a eu un comportement désagréable dans l'ascenseur, et il ne m'a pas plu du tout.

D'accord, on ne le retient pas. On va terminer les entretiens, on verra bien qui on sélectionne en second, » dit Brent en mettant un sushi dans sa bouche.

On reste encore un moment dans la pièce, pour se détendre un peu avant de reprendre les interviews. On est tous un peu fatigués, et moi je n'arrive pas à arrêter de penser à Elisa. Je me demande ce que je vais devoir faire pour éviter de la croiser si elle travaille ici.

En général, les stagiaires travaillent avec les équipes au cinquième étage, au cœur de l'action. Les managers ont leurs bureaux ici, au dixième étage, mais ils passent beaucoup de temps en bas, alors que je n'ai pas forcément besoin de le faire. Je pourrai bien me débrouiller pour ne pas trop descendre à cet étage. Ça peut marcher. Après tout, je suis le PDG. Si je veux, je peux passer ma journée à envoyer des e-mails et à me branler. J'ai d'autres choses à faire qui m'éviteront de descendre à cet étage.

Les autres entretiens se sont passés rapidement, et nous avons décidé de terminer vers quatre heures.

À ce moment-là, mes collègues parlaient à un mec appelé

Devin qui semblait parfait pour l'entreprise. De ce que je m'en rappelle, c'est le cas. J'ai accepté de le sélectionner juste pour pouvoir aller m'isoler un peu dans mon bureau, bien que je ne sois pas sûr de la raison pour laquelle j'en ai besoin.

Au moins, on n'aura pas à refaire ça demain. J'entre dans mon bureau, et je me traîne jusqu'à mon fauteuil avec un terrible mal de dos. J'ai besoin de boire un verre. J'ai besoin d'un massage. J'ai besoin d'éjaculer pour me sortir tout ça de la tête. En m'installant dans le fauteuil, je sors mon téléphone. Je réserve un massage privé dans une pièce dont je me sers pour ce genre d'occasion. Je m'y dirige, je prends une douche et je me sers un whisky pour me changer les idées. Sharon est une masseuse expérimentée, et elle me connaît bien. Ça ne la dérange pas de travailler nue, ni de me laisser lui pincer les fesses avant de me faire une branlette digne d'une pro. Sharon accepterait probablement de faire n'importe quoi, parce qu'en plus de payer le tarif, je lui laisse toujours un généreux pourboire.

Lorsqu'on frappe à la porte, je vais répondre uniquement vêtu d'une serviette enroulée autour de la taille, après avoir bu deux verres de whisky. Sharon me regarde curieusement de ses yeux bleus fardés de noir. Elle a fait des mèches blondes dans ses cheveux. C'est nouveau. « Et bien, quel accueil, Damon. Je vois que tu es déjà prêt. »

Je la fais entrer et je la regarde se diriger vers le lit pour étendre la serviette dont elle se sert pour protéger les draps des taches d'huile pour le corps. Sharon porte une mini-jupe noire et des chaussures à talons qu'elle retire, puis elle pose sa veste sur une chaise. Elle porte un top moulant qui laisse entrevoir son soutien-gorge rouge. Je serre les lèvres.

« Enlève tout, » je grogne, et elle me regarde d'un air un peu méfiant. Elle étudie mon expression, sûrement pour s'assurer que je ne vais pas me transformer en serial killer et que j'ai toute ma tête. Ses yeux descendent jusqu'à ma queue qui se dresse sous la serviette. « J'ai juste vraiment envie de baiser, Sharon. Je ne compte pas te faire de mal. En tout cas, pas plus que d'habitude. »

Je vois que mes mots l'excitent. Elle enlève ses vêtements rapidement et me dit de m'installer sur le lit. Elle aime prendre son temps avec un massage sensuel. Je retire la serviette et je m'allonge sur le ventre, alors que ma bite pulse entre mes jambes, mourant d'envie d'être soulagée. L'odeur des huiles dont elle enduit ses mains m'enivre, un mélange de menthe poivrée et de citron, et elle commence à masser mon dos musclé avec un toucher ferme.

Lorsqu'elle est derrière moi, en train de détendre mes épaules, je lève la main et touche ses fesses. Elle gémit. Je les agrippe plus fort, et elle remonte sur mon corps jusqu'à venir délasser mon cou avec des mouvements sûrs. Je déteste le fait de m'imaginer que c'est Elisa qui se tient derrière moi, et je ferme les yeux et déplace ma main jusqu'à ce que je trouve son clitoris. Je ne suis pas aussi entreprenant d'habitude, lui demandant seulement de s'occuper de mon plaisir, mais j'ai envie d'entendre une femme jouir cette nuit, même si ce n'est pas la bonne.

Sharon me touche plus fort lorsque je me mets à la taquiner avec mon majeur, et elle monte sur le lit et écarte davantage les jambes pour que je puisse lui mettre un doigt. Elle se cambre contre moi, et j'imagine que c'est Elisa en train de rougir, les lèvres écartées lorsqu'elle gémit mon nom.

Elle jouit, et je sens une moiteur couler sur mes doigts. Elle me retourne sur le dos, ses huiles oubliées. « Bon sang, qu'est-ce qui t'arrive ? D'habitude, tu veux juste une bonne branlette après un massage professionnel, mais ça ? C'était... intense. » Elle penche la tête et prend ma bite dans sa bouche, et je tire ses cheveux pour qu'elle la prenne plus profondément.

« Mange ma queue, Sharon. Je veux que tu t'étouffes

dessus, » je murmure en me laissant emporter par mon imagination, la remplaçant par Elisa.

4

ELISA

J'entends l'alarme du réveil sonner beaucoup trop tôt à mon goût, étant donné que j'ai passé la nuit à faire des rêves coquins avec Damon. Je ne l'ai vu qu'une heure au total, mais pourtant la connexion est là. Tous les hommes présents dans la pièce étaient jeunes et plutôt mignons, mais l'attirance a commencé dans l'ascenseur, même si je ne suis pas vraiment sûre de ce qui s'est passé.

Si j'avais ma propre chambre, je me ferais jouir et je resterais dormir toute la journée, mais je suis moi. J'irai en classe et je ferai ce que je dois faire, même si je gémis doucement lorsque je me lève pour aller prendre une douche rapide. Ce n'est pas toujours facile quand on partage un appartement avec quatre autres filles, mais j'en ai vraiment besoin, parce que j'ai transpiré toute la nuit. Je retourne dans la chambre enroulée dans ma serviette et je passe un jean et un pull confortable. Ça fait longtemps que je ne suis plus pudique devant Melody. Mes cheveux sont encore humides, et je les attache rapidement en une queue de cheval puis je sors de l'appartement.

J'entends mon téléphone sonner dans le fond de mon sac, et je ne veux pas répondre, mais je me souviens de l'entretien. C'est totalement présomptueux de ma part de penser que ça puisse être Elkus, voire même Damon. Il ne s'est même pas écoulé vingt-quatre heures et en vérité, je ne suis pas certaine que l'entretien se soit si bien passé. J'étais nerveuse, et j'ai eu l'impression de passer mon temps à bredouiller.

Mais je ne reçois que rarement des coups de fil.

Je pose mon sac par terre et je fouille pour trouver mon téléphone. Je décroche sans regarder le numéro parce qu'il a déjà sonné quatre fois. « Allô ? » je coince le téléphone contre mon oreille et je sors les clefs de l'appartement.

« Puis-je parler à Elisa Moore ? » La voix est masculine et posée, et j'essaie de déterminer si c'est Damon.

« Oui, c'est moi, » je réponds en vérifiant que j'ai toutes mes affaires avant de me diriger vers l'arrêt de bus. Je n'ai pas les moyens d'avoir une voiture, malgré ma bourse. Ma mère a une voiture en mauvais état qui ne marche pas très bien, pour pouvoir aller travailler à Walmart.

« C'est Brent, de Elkus Manfredi. Nous nous sommes vus hier. » Brent. Un blond mignon, mais loin d'être le plus bel homme que j'ai vu de ma vie.

« Bonjour, Brent, comment allez-vous ? » je lui demande en attendant nerveusement la suite.

Très bien. Je suis heureux de pouvoir vous proposer une position de stagiaire au sein de notre entreprise, pour travailler avec mon équipe brillante. Vous avez réussi l'entretien. » Il a sincèrement l'air heureux, et je sens ma bouche s'ouvrir toute seule, ce qui me rappelle à quel point mes lèvres sont gercées.

« Oh put – Ouah. C'est merveilleux, » je me rattrape en souriant. « Merci beaucoup !

Nous avons quelques papiers à vous faire remplir, donc si vous pouviez passer bientôt, ce serait parfait. J'aimerais que vous commenciez le plus tôt possible, » continue Brent. Je réfléchis rapidement.

« Je peux passer dans l'après-midi. Est-ce que cela vous conviendrait ? » je demande, et je l'entends taper quelque chose sur son ordinateur.

« Parfait. Rendez-vous au bureau où vous vous êtes présentée pour l'entretien, et dites que je vous attends. Je vous ferai signer les documents nécessaires. Je suis impatient de vous intégrer à mon équipe. » Brent raccroche, et je m'assois à l'arrêt de bus, un peu hébétée.

C'est incroyable. Je vais travailler à Elkus Manfredi. Enfin, pas vraiment travailler, mais c'est déjà plus proche d'un travail que tout ce que j'ai fait auparavant. Je me lève en voyant mon bus approcher, et je fais un petit saut de joie avant de rougir et de glousser bêtement. Je m'assois au milieu du véhicule et je sors mon téléphone pour rechercher sur Google l'entreprise où je serai bientôt en stage. Je clique sur leur site, et je trouve une liste des employés. Je la passe en revue en cherchant Damon. Je ne me souviens plus de son nom de famille, mais il m'a donné son prénom lorsqu'il s'est présenté le jour de l'entretien.

Le voilà ! Je regarde sa photo avec plaisir pendant un instant, puis mes yeux s'écarquillent, et je pousse un petit cri. Damon est le PDG ? Il n'a même pas l'air d'avoir trente ans. Je soupire sur mon siège. Une fille comme moi n'aurait déjà aucune chance avec un homme comme Damon s'il était simplement architecte, et encore moins dans cette position. J'abandonne le fantasme avec lequel j'ai joué un moment, et je continue à lire des informations sur l'entreprise en essayant de chasser Damon de mon esprit.

C'est une entreprise avec un avenir prometteur, comme je le savais déjà. Si jamais je suis engagée, je profiterai de très bons avantages sociaux, d'une paye excellente et de beaucoup d'autres bonus. Je repense à l'entretien et j'essaie de me souvenir quelles impressions m'ont fait les autres membres du panel. Même s'ils portaient tous des costumes, ils avaient l'air accueillants, prêts à m'aider si j'en avais besoin. Ils ont tous été amicaux à mon égard, à part Damon. Je me demande s'il a été impliqué dans la prise de décision.

Damon m'a-t-il choisie ?

Je prends une grande inspiration alors qu'on s'approche des bâtiments de mon école. Le plus important, c'est ce stage. Mon avenir, et être en mesure de pouvoir aider ma mère. Pas un fantasme d'adolescente à propos de Damon, qui peut avoir qui il veut, et ne doit pas s'en priver. J'ai vu de très belles femmes travailler dans l'entreprise, bien qu'elles aient semblé être un peu froides. C'est probablement un séducteur capable de faire oublier à n'importe quelle fille son prénom d'un seul regard. Je secoue la tête, et j'attends que le bus se gare pour descendre à la suite des étudiants sur le campus.

Je passe beaucoup de temps à penser à ce stage, et à ce qu'il pourrait signifier pour mon avenir pendant les cours aujourd'hui, ce qui n'est pas une très bonne chose. Le programme est intense, et si je néglige mes études, je finirai sans emploi. Il faut que je fasse attention. Je me force à me concentrer et je prends des notes attentivement jusqu'à la fin des cours.

Je reprends le bus pour me rendre à Elkus, en centre-ville, et je regarde ma tenue en me demandant si elle est adaptés. Après tout, je vais juste signer des documents. Et cela me donnera l'occasion de voir comment je serai censée m'habiller, entre autres choses. Ce n'est pas grave si je m'y rends directement après les cours pour cette fois.

J'espère que je ne devrai pas m'habiller comme pour l'entretien tous les jours. Cela pourrait vite me revenir très cher.

Je descends à l'arrêt situé juste en face du bâtiment, et je traverse la rue. C'est excitant de penser que je vais travailler ici, après toutes ces années d'efforts. En tournant la tête, je vois Damon marcher, accompagné d'une fille avec des mèches blondes. Elle a l'air contrariée alors qu'ils discutent. Il semble frustré, et je l'observe alors qu'il secoue la tête. Il croise mon regard, mais je baisse rapidement les yeux et je rentre précipitamment dans le bâtiment.

Je cours presque jusqu'aux ascenseurs sans m'arrêter à l'accueil, et je rentre dans une des cabines vides alors que je vois Damon entrer dans le bâtiment, tout seul. Les portes se referment, et je me détends un peu alors que je monte les étages. J'espère que j'arriverai à l'éviter au moins aujourd'hui. Il est trop beau pour même risquer de le croiser.

Arrivée à mon étage, je me dirige vers le bureau et je demande à voir Brent. La secrétaire me dévisage. La même fille qu'hier, avec la même expression sur le visage. Heureusement que je ne suis pas ici pour me faire des amis. Elle tape quelque chose sur son ordinateur et elle me demande de m'asseoir pour attendre. Je vais regarder par la fenêtre. Je me sens plus à l'aise habillée en jean et en chaussures confortables aujourd'hui ; davantage moi-même. Et puis je ne suis plus là pour passer un entretien avec des dizaines d'autres personnes.

J'ai réussi.

Brent s'approche de moi, vêtu d'un pantalon noir confortable et d'une chemise assortie à ses yeux bleus. Il sourit et m'accueille en me serrant chaleureusement la main. Lui aussi a l'air plus détendu aujourd'hui, et il me dit de le suivre dans son bureau. C'est une pièce spacieuse avec une vue fantastique. Il remarque que j'admire le décor avec de grands yeux. « C'est sympa, hein ? Vous aurez aussi une vue dans les bureaux que vous occuperez au cinquième étage.

Tant mieux. Je trouve ça super. » Je m'assois sur le siège en face de lui et je lui souris. « Pardon. Tout ça est un peu... intimidant.

Vous l'avez mérité. Votre profil nous a beaucoup impressionnés hier, Elisa. Nous pensons que vous allez bien vous intégrer ici. »

Brent sort un dossier et me fait un grand sourire en me tendant un stylo. Je dois remplir de nombreuses informations et je note tout ce qui est demandé soigneusement pendant qu'il tape quelque chose sur son ordinateur. Je remarque qu'on me demande mes coordonnées bancaires, et je lui demande pourquoi. Il me sourit. « C'est pour plus tard, si jamais vous êtes engagée. Nous préférons avoir ce genre d'informations dès le départ.

D'accord, » je réponds en remplissant la case avant de passer à la feuille suivante.

J'ai l'impression que le processus prend une éternité, mais en réalité il n'a dû s'écouler qu'une heure. Ensuite, Brent me fait visiter l'étage et m'emmène au cinquième pour me montrer ma salle de repos. Il me montre aussi les toilettes, et me présente l'équipe avec qui je vais travailler. Il me remet également mon badge.

Mon emploi du temps est adapté à mes cours. Je travaillerai quelques après-midis par semaine, et une journée complète le week-end. Il s'assure que cela me convient, et je trouve ça super. Tous les membres de l'équipe sont adorables et enthousiastes, et je pense que ce sera génial d'apprendre à leur contact. J'ai envie de lui demander pourquoi les réceptionnistes sont aussi désagréables, mais je me retiens.

Je quitte l'entreprise avec un grand sourire, pleine d'espoir pour mon avenir. Je travaille quelques heures le lendemain.

5
DAMON

Sharon m'a cassé les couilles aujourd'hui. Ça a dérapé entre nous l'autre soir et on a fini par baiser, ce que je regrette. Je ne voulais pas aller si loin avec elle.

Et apparemment, elle s'est attachée. Elle m'a proposé qu'on se fréquente plus régulièrement, ce que j'ai refusé immédiatement. Je ne sors pas avec des filles, et j'ai couché avec elle uniquement parce que j'avais envie d'Elisa.

Bien sûr, elle a pris son pied. Je sais ce que je fais dans un lit, et elle aime bien le sexe brutal, mais une relation n'est pas envisageable en ce qui me concerne. On a déjeuné ensemble, et on commençait presque à se disputer alors que je retournais au bureau. Lorsque j'ai levé la tête, j'ai vu Elisa en train de rentrer dans le bâtiment.

Notre bâtiment... celui qu'on va partager. Elle est officiellement stagiaire chez nous. Elle vient probablement remplir les papiers. Merde, elle fait plus jeune aujourd'hui. Je sens mon corps réagir. « Sharon, il faut que je retourne travailler, » dis-je en la regardant. Elle a l'air en colère. « Tu es masseuse, et je doute sérieusement que ce soit la première fois que tu couches avec un client. Tu m'as branlé la première fois qu'on s'est rencontrés.

Mais quel connard ! Je ne couche pas avec mes clients, Damon. Je pensais que tu voulais plus que du sexe avec moi, c'est pour ça que ça s'est passé. » Sharon a l'air d'être sur le point de pleurer. Je secoue la tête.

« Je ne sors pas avec des filles. Ni toi, ni aucune autre, » je lui explique avant de me retourner pour rentrer dans l'immeuble. Elisa a pressé le pas lorsqu'elle a croisé mon regard, et j'aimerais la rattraper. Je vais devoir abandonner l'idée de revoir Sharon pour un massage, mais il y a plein d'autres filles pour ça. Je pourrai la remplacer par un autre corps tiède. Pour le moment, ça m'est bien égal ; tout ce qui m'intéresse, c'est de voir Elisa.

Je me dirige vers les ascenseurs et je vois les portes se refermer sur elle au moment où quelqu'un m'appelle derrière moi. Je me retourne et je vois l'un des investisseurs de la boîte s'approcher en souriant. Je lui rends son sourire même si je le maudis intérieurement. On se serre la main, et il se lance dans un laïus. Je fais semblant de m'intéresser à ce qu'il dit.

On programme un repas la semaine prochaine pour discuter d'un projet en cours, et je lui demande de me le rappeler. Je suis un homme occupé, et vu l'état dans lequel je me trouve, je suis capable d'oublier et de foutre mon entreprise en l'air.

Je finis par monter dans les étages et je cherche Elisa, mais elle a disparu. Je me retiens d'aller voir dans le bureau de Brent, qui l'a choisie pour son équipe. Hier, la discussion sur le sujet a été animée, mais Brent a remporté ce combat grâce à son ancienneté dans la boîte. Il était ravi, et en me suivant dans mon bureau ensuite, il m'a dit avec un grand sourire : « Elle va assurer dans mon équipe, Damon.

Je suis d'accord. Son parcours est impressionnant, » j'ai répondu machinalement en allant me placer derrière mon bureau et en regardant la ville par la fenêtre.

« Je vais l'appeler demain pour lui faire signer la convention, » m'a dit Brent. « Je veux qu'elle commence tout de suite. »

Je sais que Brent est en couple, mais je n'ai pas pu m'empêcher de me demander s'il était attiré par Elisa. C'est Ryan qui a remarqué qu'elle est séduisante, mais Brent travaillera directement avec elle, et j'ai ressenti une émotion qui m'a beaucoup surpris.

De la jalousie. Et merde. Je ne suis pas un mec jaloux.

On a décidé que Ryan prendrait Devin dans son équipe. Il est aussi qualifié qu'Elisa, et étudiant à Harvard. Il s'intégrera bien lui aussi, et il semble être quelqu'un de très naturel.

Tout est en place, et je peux m'occuper de diriger l'entreprise, même si j'ai du mal à ne pas penser à Elisa.

Je reviens au moment présent. Je me rends dans mon bureau en soupirant. Je ne la verrai probablement que très rarement, et ces émotions finiront par s'atténuer.

J'essaie de travailler un peu sur mon ordinateur et je passe quelques coups de fil, notamment pour organiser le repas avec l'investisseur. Lincoln est insistant. Peut-être qu'il a remarqué que j'étais distrait. Qui sait ?

Je reste jusqu'à dix-huit heures, puis je finis par abandonner l'idée de travailler. Je me dirige vers la sortie. Je croise beaucoup moins de monde à cette heure-ci. Le ciel s'est assombri lorsque je sors. Je me dirige vers la voiture garée devant le trottoir. Je rentre dans le véhicule, et Mark me regarde avec curiosité. « Tu finis plus tard d'habitude, patron.

Oui, je suppose. Emmène-moi à Bait, Mark. J'ai besoin de boire un verre. »

Il me regarde d'un air entendu. Il sait que c'est un club que je fréquente régulièrement. C'est une boîte BDSM, et bien que Mark sache déjà que c'est ce qui m'intéresse, je lui avais rarement demandé de m'y conduire avec autant de détermination. Je ne baiserai plus avec Sharon, mais il n'y a pas de raison pour que je ne trouve pas une autre fille.

« On y va, » dit-il en démarrant la voiture et en rentrant dans la circulation. Je ne suis pas habillé pour la circonstance, mais je n'ai pas envie de repasser chez moi. J'ai envie de voir une fille m'obéir au doigt et à l'œil, obéir à toutes mes envies. C'est tout ce qui m'importe, tout de suite.

Quelques heures plus tard, Mark revient me chercher. Je ne suis pas bourré, mais j'ai un petit coup dans le nez. Ce soir, je suis allé dans l'une des pièces les plus violentes, et ma queue me fait mal à force de réagir à toute la dépravation autour de moi. Une fille avait sa bouche sur ma queue, et une autre était à quatre pattes devant moi, vêtue seulement d'un string en cuir alors que je la fouettait avec une tige en bambou. Elle a crié à chaque coup, et je l'ai regardée jouir et tremper sa minuscule culotte.

Je me suis laissé aller à un moment, et j'ai attrapé la chevelure blonde de la fille à genoux devant moi pour commencer à baiser sa bouche brutalement. Elle m'a laissé plonger ma queue au fond de sa gorge, et je me suis retiré pour éjaculer sur son visage alors qu'elle me regardait dans les yeux. Ensuite, je suis allé me nettoyer dans l'une des salles de bain et je me suis regardé fixement dans le miroir. Je n'étais pas sûr de ce que j'étais venu chercher ici... Je ne comprends pas ce que je ressens pour cette fille.

Et les autres ne m'aident pas à me sentir mieux. J'espère que ça va changer. Je veux me sentir apaisé, comme j'y parviens d'habitude de cette manière.

6

ELISA

Le lendemain, je me suis habillée de manière décontractée pour aller à l'école, et je suis impatiente d'aller faire mon premier après-midi de stage après ma journée de cours. Je repasse rapidement chez moi pour me changer et je mets une jupe et un t-shirt confortable, puisque Brent m'a assuré que ça suffisait. Si jamais on doit rencontrer un client, il faudra s'habiller un peu plus, mais sinon, pas besoin d'en faire trop, m'a-t-il dit. Les autres membres de l'équipe ont chacun leur style, entre les geeks accrocs aux jeux-vidéo et d'autres plus originaux. Une fille appelée Autumn a des cheveux de toutes les couleurs de l'arc-en-ciel, et le plus beau rire que j'ai entendu de ma vie. Un des garçons ressemble au chanteur de Soundgarden. Pour moi, il est évident que même si l'architecture est un domaine technique et précis, c'est aussi une forme de grande créativité. L'entreprise encourage les styles personnels. J'entre dans la salle de travail pour mon premier jour en souriant.

« Salut, ça fait plaisir de te voir, » m'accueille Autumn en souriant. Je souris au groupe installé sur des chaises, en train de travailler sur un plan.

Il y a Brianne, une fille aux cheveux blonds platines qui vient d'être diplômée d'Harvard. Elle a vingt-trois ans et elle est très discrète, mais je pense que c'est parce qu'on ne se connaît pas encore. Il y a aussi Vince, un mec pas très séduisant aux cheveux bruns et aux yeux marrons qui est passionné par son métier, et ça se voit. Il semble toujours déborder d'énergie. Landon a plutôt un style de surfer et il a l'air d'avoir beaucoup de talent. Il m'a accueillie avec gentillesse.

Le dernier membre de l'équipe est Michael, et je suis sûre qu'il joue aux jeux vidéos pendant son temps libre. Ce n'est pas mon truc, mais je ne juge pas les gens. Tant que ça les rend heureux et qu'ils ne font de mal à personne, ils peuvent bien faire ce qu'ils veulent.

On discute du nouveau projet, un musée pour la ville de New-York. Ce sera un bâtiment immense, qui nécessite un style contemporain. Je sais déjà que ce genre de bâtiment peut parfois coûter des millions à construire, et les personnes avec qui je travaille sont très douées pour penser à tous les détails. Elkus est une entreprise généreuse qui se démène pour garder les employés talentueux, et je ne vois pas une seule personne autour de cette table qui semble malheureuse. Ils semblent motivés et enthousiastes, tout ce que j'ai envie d'être dans mon emploi lorsque j'aurai obtenu mon diplôme.

Ils se mettent d'accord sur une décision, et Autumn commence à dessiner pendant qu'ils se penchent par-dessus son épaule. Je les observe en souriant, et lorsque je lève la tête je vois Brent dans le couloir en train de discuter avec Damon, leurs visages proches. Je les regarde un instant, puis je me reprends et je me tourne vers le groupe qui pointe un détail en riant. « Viens voir, » me dit Landon, et je me lève et m'approche en souriant.

J'ai vraiment l'impression de faire partie de l'équipe, je fais même quelques suggestions. Il y a tellement de détails à couvrir pour ce projet. Et c'est très intéressant de discuter de chacun d'entre eux. Autumn finit par poser son crayon en soupirant. « J'ai besoin d'un fichu café. J'ai passé presque toute la nuit en réunion sur ce bordel.

Allez. On fait une pause, » décide Michael. Ils se lèvent et me regardent.

Je me lève en souriant et je les suis dans la salle de repos. On se sert tous un café à la machine, en discutant de la ville et de ce qu'on fait en dehors du travail. Je suis la seule qui étudie encore, mais personne ne me traite différemment à cause de ça.

Vers dix-neuf heures, je me dirige vers l'ascenseur pour partir, fatiguée mais aussi ravie et contente de moi. J'entre dans la cabine et je m'appuie contre le mur, et je vois quelqu'un passer sa main entre les portes avant qu'elles ne se referment. Je lève la tête et je vois Damon entrer en me regardant intensément. « Comment s'est passé votre premier jour, mademoiselle Moore ? » me demande-t-il d'une voix grave. Je sens mon corps réagir immédiatement, et je me colle un peu plus contre le mur.

« C'était génial. Cet endroit est tellement... stimulant, » je réponds avec un grand sourire. « Vous pouvez m'appeler Elisa, et me tutoyer. Après tout, c'est comme si je travaillais pour vous à présent. » Il a l'air peiné. Il appuis sur le bouton et nous commençons à descendre vers l'accueil.

« Très bien, Elisa. Tu peux m'appeler Damon, » dit-il avec une certaine difficulté. Je l'observe.

« Est-ce que tout va bien ? » je lui demande, et il regarde le sol. Il est magnifique, même avec de la douleur sur le visage, et je ne peux m'empêcher de l'admirer. J'ai eu un petit copain au lycée, et on a fait tout ce que fait un couple. Je ne suis pas vierge, ni totalement inexpérimentée en la matière. J'ai une petite idée de ce qui m'arrive, mais c'est vraiment puissant. J'ai l'impression que mon désir me consume, et j'avale ma salive avec difficulté lorsqu'il lève les yeux et rencontre mon regard.

« J'ai besoin que tu te concentres sur ton équipe et qu'on

évite de se voir, Elisa. C'est mieux ainsi. » Les portes s'ouvrent, et je regarde ses fesses avec envie alors qu'il s'éloigne. Qu'est-ce qui vient de se passer ?

Je sors de l'ascenseur en secouant la tête. Autumn est en train de discuter avec un grand blond et elle me fait signe de m'approcher. « Hé, Elisa. Je te présente Devin, l'autre stagiaire. Il étudie à Harvard. »

Je m'approche d'eux et je me force à sourire en lui tendant la main. « Enchantée, je suis Elisa. Je suppose qu'on est les deux chanceux. »

J'entends encore les mots de Damon dans ma tête, et je me force à me concentrer sur les yeux verts chaleureux de Devin, plus sombres que les miens. Il inspire confiance. Et on ne dirait pas que je le fais souffrir, à la différence de Damon. « C'est tout à fait ça. Je pense que tout va très bien se passer.

On va aller boire un verre avec l'équipe. Ça te dirait de venir avec nous ? » me demande Autumn. Je pense à mon compte en banque presque à sec.

« Bon, mais juste un verre, » je réponds. Elle nous entraîne dehors en souriant. Je sens le regard de Devin sur moi alors qu'il nous suit dehors. Il est très mignon, et il a l'air plutôt gentil. Peut-être que ce n'est pas une mauvaise idée de m'intéresser à lui. Et puis, il étudie à Harvard. Il doit être intéressant.

Nous entrons dans un bar au coin de la rue. Je paie un verre, et Devin m'offre les suivants. Je ne sais pas si c'est parce qu'il a vu la panique dans mon regard tout à l'heure, mais j'apprécie son geste. Je sirote mon cocktail en pensant à mon budget. Apparemment, l'équipe a l'habitude de sortir, et j'ai envie de m'intégrer. Mais il me faudrait quelques centaines de dollars supplémentaires par mois pour pouvoir suivre leur rythme.

Lorsque nous quittons le bar quelques heures plus tard, je réalise qu'avec ce que j'ai dépensé pour payer mon verre, je n'ai plus assez pour prendre un taxi. Et je me rends compte que mon appartement est à une quinzaine de blocs d'ici. Je me mords la lèvre en regardant la rue sombre.

Une Bentley me dépasse dans la rue presque vide. Je vois Devin et Autumn se glisser dans des taxis. Je les salue en souriant, puis je me mets à marcher. Je soupire, et je me remercie intérieurement de ne pas avoir mis de talons aujourd'hui en pensant à la longue route qui me reste à faire jusqu'à chez moi. Je me demande si je ne pourrais pas dormir à Elkus, qui est juste au coin de la rue.

Leurs canapés sont plus confortables que mon lit. Et c'est aussi plus calme. En marchant, je me rends compte que la voiture luxueuse est à nouveau derrière moi.

« Elisa ? Tu rentres à pied ? » Je me retourne, et je vois Devin dans un taxi, la vitre baissée. « Tu veux monter ? »

Derrière le taxi, je vois la vitre de la Bentley descendre juste assez pour que j'aperçoive le regard brûlant de Damon. Je reste bouche bée.

« Elisa ? » je fais un sourire faible à Devin.

« Oui, volontiers, mais je n'ai plus de liquide. Je peux te rembourser demain ? »

Devin me fait signe de monter et dit quelque chose au chauffeur. Au bar, j'ai appris que sa famille a de l'argent et qu'elle finance ses études, son appartement et ses dépenses en général. Le taxi coupe le moteur, et Devin sort pour m'ouvrir la portière. Je vois la vitre de la voiture luxueuse remonter et cacher à nouveau Damon, et le véhicule disparaît à toute vitesse dans la nuit.

Mais qu'est-ce qui se passe ? Je monte dans le taxi à côté de Devin. Le chauffeur me demande mon adresse, et lorsqu'il démarre Devin passe son bras autour de mes épaules. D'après ce que je vois, j'intéresse ce garçon. On ne se connaît pas beaucoup, après une soirée au bar, mais il m'a offert plusieurs verres et il a surtout discuté avec moi. Je suppose que j'aurais déjà pu m'en rendre compte, mais je passe mon temps à penser à mes études, et à ma carrière. Je m'inquiète tellement pour ma mère...

Je lui souris alors que nous roulons. Le chauffeur écoute la radio à plein volume, et Devin rit en me racontant une anecdote. J'essaie de me concentrer sur ce qu'il me dit et de ne pas trop penser à la situation étrange avec Damon. Lorsqu'on s'est croisés tout à l'heure, il avait l'air de souffrir, et pourtant, on aurait dit qu'il me suivait... dans une Bentley !! Damon a un chauffeur, comme ces hommes riches qu'on voit dans les films. Soudain, je me souviens qu'il est certainement millionnaire, voire milliardaire. Sa famille est riche, et sa position prestigieuse a certainement contribué à sa fortune, même s'il est encore très jeune. Encore plus de raisons pour moi de l'oublier.

Le taxi s'arrête devant mon immeuble, et je vois que Devin me regarde intensément. « Je peux te raccompagner jusqu'à ta porte ?

Bien sûr. » Je descends du taxi et je l'entends demander au chauffeur de l'attendre.

Sur le trottoir en face, je vois la Bentley garée, avec la vitre baissée. Devin glisse sa main dans le creux de mon dos en montant les marches avec moi. Je me sens effrayée, à la fois de la situation que je devine, mais aussi de mes sentiments.

7

DEUXIÈME PARTIE

DAMON

Je regarde Elisa monter dans le taxi avec l'autre stagiaire, et je sens mon sang bouillir alors qu'il s'éloigne. Je dis sèchement à Mark de les suivre, et je sens son regard qui m'observe dans le rétroviseur lorsqu'il démarre la voiture et commence à rouler. « Qui est-ce ? » demande-t-il à voix basse. Je comprends son étonnement. Il doit se demander qui est Elisa, étant donné que je ne mélange pas les femmes que je fréquente à ma vie en temps normal. Je fais même beaucoup d'efforts dans ce sens le reste du temps, mais j'ai l'impression d'être possédé. Je ne quitte pas les phares du taxi des yeux.

« Une stagiaire, » je réponds, et je sens qu'il cherche à nouveau mon regard. Mark fait partie de mes intimes, et il connaît bien mes habitudes. Que je m'intéresse à une stagiaire est quelque chose de nouveau, et de très différent pour moi. J'ai surpris de nombreux hommes de mon entourage lorsqu'ils ont appris que je ne baisais pas avec mes employées, surtout que beaucoup sont très charmantes. Cela fait partie de mes critères lors de l'embauche, mais pas par intérêt personnel. Je souhaite simplement que les clients et les visiteurs soient accueillis par des visages séduisants.

Je ne compte plus le nombre de fois qu'elles ont essayé de me séduire, cependant. Parfois des flirts innocents, mais il m'est aussi arrivé de rentrer dans mon bureau pour trouver une femme nue allongée sur la table. Mais comme je l'ai dit, si je m'assure toujours que l'on engage des femmes charmantes, je ne mélange jamais le sexe et le travail. Peu importe l'entreprise, les gens parlent, et je refuse de nourrir les ragots dans la mienne.

J'ai entendu certaines rumeurs absurdes à mon sujet. Il y a deux ans, il se racontait que j'avais mis une femme enceinte et que je l'avais payée pour qu'elle disparaisse. J'ai aussi entendu dire que je couchais avec une réceptionniste mariée et que j'avais gâché son mariage.

Des mensonges, bien sûr. Les gens aiment parler.

Je ne quitte pas le taxi des yeux lorsqu'il tourne au coin de la rue, et Mark le rattrape. Je n'ai aucune idée de ce que je compte faire lorsqu'il arrivera à destination, mais je veux vraiment avoir un aperçu de la vie d'Elisa. Je veux aussi savoir si ce stagiaire entreprenant va rentrer avec elle, une idée qui me fait frémir. Je ne supporte pas d'imaginer d'autres mains que les miennes la toucher. Je sens ma bite durcir dans mon pantalon.

Je vois le taxi s'arrêter, et je dis à Mark de se garer en face. Je me place contre la fenêtre et je descends la vitre pour ne pas perdre une miette de ce qui va se passer. Je remarque que son appartement ne se trouve pas dans une partie aisée de la ville, et cela m'inquiète un peu. Devin sort du taxi et ouvre la portière pour Elisa. Il lui sourit en lui posant une question, et lorsqu'elle acquiesce en regardant ma voiture avec curiosité, je me penche un peu plus. Lorsque ses yeux écarquillés rencontrent mon regard, malgré la lumière diffuse, je sais qu'elle me voit à l'intérieur de la voiture et qu'elle sait que je l'ai suivie, ce qui est plus ou moins une forme de harcèlement. Elisa tourne la tête, et je serre les poings en voyant le mec poser sa main dans le creux de son dos et monter les marches avec elle.

Est-ce qu'elle va le baiser ce soir ? Est-ce qu'il pense que c'est ce qui va se passer ?

Ils disparaissent dans l'immeuble, et je me rassois contre le fauteuil. « Ramène-moi à la maison. » Mark s'éloigne, et je ferme les yeux en essayant de comprendre mes sentiments pour cette femme, et pourquoi elle me fait un tel effet. Je repousse une image mentale, elle à quatre pattes, en train de se faire sauter par le stagiaire exactement comme je meurs d'envie de le faire, tout de suite. Je reste silencieux jusqu'à ce qu'on arrive devant chez moi, et je descends de la voiture.

« On se voit demain matin, patron, » me dit Mark. J'acquiesce et je croise son regard avant de m'éloigner. Devine-t-il que je suis en train de perdre les pédales ? Je monte les marches et je salue le portier alors qu'il m'ouvre la porte, et je rentre dans l'ascenseur pour aller chez moi.

Lorsque je regarde l'heure, je réalise qu'il est plus d'une heure du matin. Je sais que je devrais aller dormir, mais je me sens survolté, et je vais prendre mon ordinateur portable dans mon bureau. Je l'emmène dans ma chambre, je l'allume et je le pose sur mon lit puis je me déshabille et je fixe mon énorme érection. Je passe une main dans mes cheveux en bataille, puis je m'affale sur le lit et je tape l'adresse de mon site porno préféré pour essayer de trouver de quoi me soulager. C'est un site spécialisé dans les pratiques violentes, et je passe les différentes catégories en revue avant de choisir les vidéos amateurs. Je clique pour sélectionner plusieurs vidéos faites par des amateurs dans différents décors plutôt rudimentaires, souvent à la maison. Je finis par me caresser en regardant une fille qui ressemble un peu à Elisa se faire mettre la fessée et sucer un mec qui la tient fermement par les cheveux pour qu'elle ne bouge pas. Les petits cris qu'elle pousse alors qu'elle a la queue dans la bouche me rendent encore plus dur, et je me branle plus vigoureusement. Je rejette la tête en arrière.

Dans ma tête, Elisa a remplacé l'actrice de la vidéo, et je me sens sur le point de jouir. C'est moi qui suis dans sa bouche, elle me regarde avec ses grands yeux verts puis elle avale le foutre que je fais gicler au fond de sa gorge, et non sur mon ventre. C'est moi qui me tient derrière elle et qui la pilonne furieusement alors qu'elle crie de plaisir.

Mais en réalité, je suis seul dans ma chambre, recouvert de ma semence collante. Je pose l'ordinateur sur ma table de chevet et je me relève pour aller prendre une douche, pour essayer de me calmer. Je me sens anxieux et agité. Je déteste cette sensation, et je vais ouvrir un tiroir sous le lavabo même si je n'en ai aucune envie.

J'ai pris des calmants à une époque, lorsque j'avais trop de choses à gérer et que je n'y arrivais pas. Je sors le tube et je soupire avant d'en avaler un avec un grand verre d'eau.

J'ai très mal dormi, mais je me suis quand même réveillé tôt pour aller courir. J'ai besoin de me dépenser, et je cours plus vite que d'habitude aujourd'hui, je dépasse tous les autres coureurs et je passe à la salle de sport pour faire des exercices brûleurs de graisse. Je force un peu plus que d'habitude, là aussi, et je prends une douche avant de choisir soigneusement mon costume pour la journée. Je veux être certain que mon apparence est parfaite. Peu importe ce qui se passe dans ma tête, je ne laisserai rien transparaître sur mon lieu de travail.

Mark m'attend sur le trottoir avec du café, et je m'installe dans la voiture en le sirotant. J'essaie de rentrer dans ma routine, désespéré de retrouver un semblant de normalité. Tout semble bien se passer jusqu'à ce que j'arrive devant l'immeuble de l'entreprise et que je voie l'homme d'hier soir en train de rire avec quelqu'un en se dirigeant vers l'ascenseur. Je les suis à distance sans adresser la parole à personne, et je monte dans une cabine différente en notant mentalement à quoi il ressemble. Il est grand, un peu dégingandé, avec un sourire arrogant et des cheveux blonds en bataille. Je n'ai pas le temps de remarquer quoi que ce soit d'autre, mais je hais ce fils de pute, et j'ai envie de le virer immédiatement.

Arrivé au dixième étage, je me dirige à grands pas vers mon bureau. J'ai une liste des stagiaires, et je vais aller la consulter pour connaître son nom. C'est la première chose que je compte faire avant de commencer quoi que ce soit d'autre. Je claque la porte derrière moi et je m'installe derrière mon bureau.

Je sais qu'on ne m'apprécie pas trop ici, donc ça ne me dérange pas de me comporter ainsi. Je préfère même qu'on m'évite aujourd'hui, vu mon humeur. Je finis par prendre un autre calmant pour éviter de me laisser dépasser par ma crise de jalousie haineuse.

8

ELISA

Devin ouvre la porte d'entrée de mon immeuble et je sens mon cœur qui bat à tout rompre. Il a l'air sûr qu'il va se passer quelque chose entre nous, mais ce n'est pas ce dont j'ai envie, même si je ne partageais pas mon appartement avec de nombreuses autres personnes. « Merci de m'avoir raccompagnée, Devin. Je t'aurais bien invité à boire un verre, mais j'ai des colocataires, » je lui dis alors qu'il passe son bras autour de ma taille pour me retenir.

Que faisait Damon devant mon appartement ? Était-il en train de nous observer ? M'a-t-il suivie jusqu'à chez moi ? Je ne sais pas si je dois être terrifiée ou plutôt excitée, mais à vrai dire, je ressens plutôt la deuxième option. Et ce n'est pas Devin que j'ai envie d'en faire profiter.

« Combien de colocataires ? » me demande-t-il d'un air assuré. Je plisse les yeux.

« Plusieurs, on étudie toutes à la fac ensemble. C'est un moyen pour nous de faire des économies, tu vois. Je ne reçois pas ici, » je lui réponds. Il me regarde d'un air suggestif.

« Tu veux aller chez moi ? Je vis seul, » me propose-t-il. Je sais ce qu'il sous-entend, et je secoue lentement la tête.

« Il est tard, Devin. » Il est tard, et les plans cul, non merci. Encore moins avec un collègue.

« Ça te dirait qu'on sorte ensemble un de ces soirs ? Je me suis bien amusé avec toi cette nuit. » Il a les yeux qui brillent, il essaie de me séduire. Je serre les lèvres. « Je sais que je peux être un peu trop entreprenant parfois, et je suis désolé. C'est simplement que tu me plais. Mais on peut y aller doucement. Je pourrais t'inviter à dîner vendredi soir, qu'est-ce que tu en dis ? »

Je réfléchis à sa proposition, et je me dis qu'après tout, un dîner ne m'engage à rien. Se retrouver dans un endroit public peut être une bonne occasion pour apprendre à mieux connaître Devin, et pour voir si on a des atomes crochus. Après tout, il n'y a pas de raison pour que je sois désagréable avec un mec juste parce que je craque sur notre patron, alors que je ne pourrai jamais l'avoir, n'est-ce pas ?

« Bien sûr, avec plaisir, » je lui réponds, et il me fait un grand sourire charmant. J'aimerais dire qu'il me fait de l'effet, mais malheureusement, tout le trouble que je peux ressentir est lié à Damon.

« On en discutera demain, on décidera où on va. » Devin se penche et il effleure mes lèvres doucement. Le contact est agréable, mais encore une fois, je ne ressens rien. « Je t'accompagne jusqu'à ta porte. » Il m'embrasse à nouveau devant chez moi, et je lui souhaite une bonne nuit avant de rentrer et de fermer à clef derrière moi.

Je me déplace en silence dans l'appartement et je vais me démaquiller dans la petite salle de bain, puis je rentre doucement dans ma chambre et je me déshabille. Je passe le grand t-shirt qui me sert de pyjama, et je jette un coup d'œil à Melody pour m'assurer qu'elle dort bien. Apparemment, c'est le cas. J'entends le son des vagues qu'elle aime bien écouter pour s'endormir sortir de ses écouteurs, ainsi que les bruits de la ville. Je me glisse sous mes fines couvertures, et je prends les écouteurs sous mon oreiller. Je me demande ce qui se passe, j'ai le bas-ventre en feu.

Je branche les écouteurs à mon téléphone et je mets de la musique classique, puis j'ouvre le navigateur Internet. C'est un des rares endroits où j'y ai accès, et je décide d'en profiter.

Je me redresse un peu dans le lit et je cherche des histoires érotiques, en me disant que ça m'apaisera peut-être. J'ai quelques livres qui me plaisent pour ces situations, mais je ne vais pas allumer la lumière à cette heure-ci. Je vais bien trouver quelque chose à lire en ligne.

Voilà ! Je trouve un site qui propose des histoires érotiques, entres autres. Je choisis la catégorie la plus cochonne et je passe en revue les titres et les intrigues, en me demandant ce qu'aime Damon. Il m'a l'air d'un homme très sûr de lui avec les femmes. Je trouve une histoire qui contient des scènes de fessées, et je clique pour l'ouvrir.

Je me sens immédiatement encore plus excitée, et je me mords la lèvre en lisant l'histoire d'une femme penchée sur un bureau, la jupe relevée, exhibant un string. Je n'en ai jamais porté, mais ça colle bien avec l'histoire. Je laisse ma main courir par-dessus ma culotte blanche en coton en dévorant les mots, et je commence à me caresser. Je fais attention à ne pas faire de bruit, et je me mords la lèvre plus fort lorsqu'elle commence à se faire fesser, en imaginant que c'est la main de Damon qui frappe mes fesses alors que je suis penchée contre le bureau. Bon sang, mais qu'est-ce qui m'arrive ? Je n'ai jamais rien fait de ce genre au lit avec mon petit copain du lycée. Entre nous, le sexe était plutôt maladroit et pas forcément très agréable. À l'époque, je ne pensais qu'à mes études.

Mon bas-ventre est en feu, et je glisse ma main sous ma culotte lorsque j'arrive au passage où il la prend contre le bureau après avoir arraché ses vêtements, et qu'elle lui griffe le dos. Je reste immobile, bougeant seulement ma main, et mon corps se cambre sous le mouvement de mes doigts.

Oh, mon dieu.

Lorsque la femme crie son nom, je jouis, et j'ai tellement envie de crier aussi que je presse ma main contre ma bouche et que je la mords. Ça me fait mal, mais ça me fait jouir encore plus fort. Je ferme les yeux et je parviens à rester silencieuse. Si je vivais seule, je ferais ça toutes les nuits. C'était incroyable. Lorsque ma respiration se calme, je vérifie que Melody dort toujours, et j'essuie ma main sur mon t-shirt.

Je décide de lire une autre histoire et je recommence à me masturber, plus lentement cette fois, juste pour me soulager. Ensuite, j'enregistre le site dans mes favoris, puis je branche mon téléphone en charge et je me rallonge en écoutant de la musique.

J'ai dû finir par m'endormir, et j'ai l'impression qu'à peine cinq minutes se sont écoulées lorsque mon réveil sonne. Je grogne et je m'accorde encore cinq minutes, en plongeant la tête dans mon oreiller.

Lorsque l'alarme sonne à nouveau, j'ouvre les yeux et je réalise que la chambre est vide. J'ai dû me rendormir profondément pour ne pas entendre Melody se lever et partir en classe. Je respire profondément, puis je m'étire avant de me lever. Je vais prendre une douche rapide et je m'habille avec un jean et un t-shirt, ma tenue habituelle, puis je m'attache les cheveux en une queue de cheval. Je choisis une jupe et un sweater avec des ballerines, et je les plie soigneusement avant de les ranger dans mon sac de cours pour ne pas les froisser, puis je sors de chez moi pour aller en cours.

Je prends un double café avec mes camarades tout en repensant à la nuit dernière. Elle me paraît irréelle, cela me ressemble si peu. Je travaille dans un endroit fantastique, qui pourrait m'offrir le poste de mes rêves si tout se passe bien. Mais j'ai envie de mon patron, et apparemment, il me suit à travers la ville. Au fond, si je laisse mon esprit rationnel analyser la situation, c'est un peu glauque et ça devrait m'effrayer.

J'ai besoin de ce stage, et j'ai besoin d'obtenir un emploi à l'issue de celui-ci. C'est mon avenir qui importe, pas un bête fantasme à propos du PDG de l'entreprise. C'est une opportunité pour enfin pouvoir venir en aide à ma mère, et pour être à l'abri du besoin. Et puis, qu'est-ce qui pourrait bien se passer avec Damon ? Va-t-il venir sur son cheval blanc et arranger tous mes problèmes ? Non, parce qu'on n'est pas dans un film, et dans le monde réel, il faut travailler pour obtenir quoi que ce soit.

Mes pensées dérivent sur Devin, un scénario plus réaliste. Il est très mignon, et il est voué à une belle carrière. Devin est aussi plus proche de mon âge, et il serait naturel de commencer une histoire avec lui tout en pensant à ma carrière. Ce serait réaliste, s'il me faisait le moindre effet. Est-ce que ça finira par être le cas, après quelques rendez-vous, ou peut-être après quelques baisers ? Après tout, la vraie vie ne se passe pas comme dans les livres, mais j'ai tout de même l'impression que je devrais déjà ressentir quelque chose.

Je rentre dans la salle de classe et je m'assois à l'avant, puis je sors mon cahier. J'aimerais bien demander conseil à ma mère, mais on n'a pas souvent l'occasion de discuter, et je ne veux pas être égoïste. Et puis, je n'ai pas envie qu'elle pense que je commence à l'oublier. Elle ne me ferait jamais une chose pareille.

J'arrive à me concentrer suffisamment pour prendre quelques notes, et lorsque la journée se termine, je me sens un peu plus moi-même. Je suis sûre que j'arriverai à gérer cette situation et à me concentrer sur mes objectifs, même si la route est sinueuse. C'est le genre de personne que je suis, et je ne compte pas changer. Je commande un sandwich dans un petit snack sur le campus et je me change dans les toilettes en attendant ma commande. Je mets un peu de mascara et du rouge à lèvres avant de sortir. Je remarque que le serveur qui me tend mon repas me regarde curieusement, et je rougis un peu en prenant mon plateau et en allant m'installer à une table vide. J'essaie de réviser mes notes en mangeant avant de me rendre sur mon lieu de stage.

Mais c'est inutile, je n'arrive pas à me concentrer. Je range mes affaires dans mon sac et je vais jeter mes déchets à la poubelle, puis je cours pour prendre le bus qui m'emmène en ville. Je me raisonne en me disant que d'ici quelques semaines, j'aurai trouvé mon rythme, ma routine. Aller travailler en fera partie, et j'arriverai à remplir mes taches sans être confuse ni ressentir cette attirance ridicule.

Peut-être que d'ici là, je ressentirai quelque chose pour Devin et qu'on sortira ensemble. Peut-être que notre histoire deviendra sérieuse.

Lorsque je rentre dans le bâtiment, j'aperçois Damon près des ascenseurs en train de parler à quelqu'un au téléphone. Il a l'air en colère, et je suis tellement concentrée sur lui que je me cogne contre un homme. « Pardon, » je m'excuse en devenant cramoisie. L'homme en costume me jette un regard réprobateur. Je regarde par terre, et j'appuie sur le bouton d'appel en ayant envie que le sol s'ouvre et m'engloutisse. Lorsque les portes s'ouvrent, je ne peux m'empêcher de lever la tête, et je vois Damon lancer un regard noir derrière moi. Je me retourne vers l'homme que j'ai bousculé, puis à nouveau vers Damon et je le regarde avec étonnement.

Il me regarde aussi, et nous nous fixons intensément jusqu'à ce que je rentre dans la cabine et que j'appuie sur le bouton. Les portes se referment. Je m'appuie contre le mur en respirant profondément, et je repense à l'agressivité que j'ai vue dans les yeux de Damon. On aurait dit qu'il voulait tuer cet homme. Mais pourquoi ?

9

DAMON

J'ai rapidement découvert que le stagiaire en question s'appelle Devin, et que son dossier est impeccable, comme celui d'Elisa. Sans conteste, ils feraient un couple bien assorti, mais je ne veux pas qu'elle sorte avec lui.

Je la veux pour moi, de toutes les manières possibles et imaginables. Je veux qu'elle m'appartienne. Mais ça mettrait à mal ma volonté de séparer le travail et le plaisir. Et ça pourrait avoir d'autres conséquences désastreuses, me dis-je en relisant les informations à son sujet. Devin ne travaille pas dans le même service qu'Elisa, et à priori, ils ne devraient pas se voir trop souvent. Ils ont bien le droit de faire ce qu'ils veulent en dehors du bureau, mais même ça, tout mon être s'y oppose.

Je sens une chaleur intense dans mes veines dès que je pense à elle, et je ferme les yeux. Il est possible de virer un stagiaire, mais dans ce cas précis, pour quelle raison pourrais-je le faire ? Mes collaborateurs se moqueraient de moi si je leur avouais que je suis jaloux d'une amourette entre collègues, et ils auraient bien raison. Surtout que je leur conseille constamment d'éviter de mélanger les deux, et pour autant que je sache, ils suivent mon conseil. Devin n'est là que depuis quelques jours, comme Elisa, et je doute qu'il ait déjà pu faire quelque chose d'assez grave pour justifier un renvoi. Ça ne sert même à rien que je commence une enquête sur lui, parce que je sais à quel point nos critères de sélection sont stricts concernant les stagiaires que nous choisissons.

Je ferme la fenêtre de l'ordinateur et j'ouvre mes e-mails en buvant mon café. Je me rappelle que j'ai un repas avec un client important aujourd'hui, et je suis content de porter mon plus beau costume. J'ai conscience qu'il faut que je me reprenne. J'ai quelques heures avant le rendez-vous, et je les passe dans mon bureau au lieu de faire le tour de l'entreprise comme j'ai coutume de le faire. Je me sens bizarre, antisocial, et je pars pour le déjeuner plus tôt afin de pouvoir prendre l'air et pour éviter d'être tenté d'aller observer Elisa.

J'arrive en avance dans le restaurant et je m'installe au bar pour boire un verre en attendant Stephen. C'est un de nos plus gros clients, et je ne peux pas me permettre de rater ce rendez-vous. Nous avons besoin de cet argent, ainsi que de la bonne publicité qu'il peut nous faire. Le whisky me calme un peu, et lorsque Stephen arrive, je me sens détendu et à l'aise. Nous allons nous installer à une table isolée dans la salle.

Il me présente son projet, une chaîne d'hôtels à travers le monde qu'il souhaite que nous concevions. Nous mangeons en consultant les plans, et j'ai bien conscience qu'il pourrait s'agir du contrat de l'année pour mon entreprise. Ce projet pourrait nous rapporter des millions, voire des milliards, et cela nous ferait de la publicité dans tous les magazines, ce qui attirerait de nombreux nouveaux clients. Il m'accorde une semaine pour en discuter avec mes collaborateurs et pour monter une équipe qualifiée qui prendra en charge le projet. Nous nous serrons la main après que j'ai payé la note. C'est une dépense que je peux me permettre, étant donné l'argent que nous allons gagner avec ce contrat. Même si ce n'est pas dans mes habitudes, je bois un autre verre au bar avant de retourner au bureau. Je reçois un appel d'un des agents de sécurité qui souhaite me parler d'un problème avec une des caméras, et j'essaie de me concentrer en mettant discrètement la main devant ma bouche pour m'assurer que mon haleine ne sent pas l'alcool. Du coin de l'œil, je remarque Elisa, et je la vois se cogner contre un homme en costume qui la dévisage durement. Elle perd ses moyens en se répandant en excuses.

Je perds le fil de la conversation, et je le regarde méchamment, avant de baisser les yeux vers Elisa. Elle est très mal à l'aise, et je vois bien qu'elle aimerait se trouver ailleurs. L'ascenseur s'ouvre et elle se précipite à l'intérieur. Je m'approche de l'homme avec des pensées noires, et j'entends l'agent dans le téléphone qui m'appelle. « M. James ? Vous m'écoutez toujours ? C'est important. » Je raccroche sans répondre, et je monte dans un des ascenseurs. J'appuie sur le bouton du cinquième étage.

Lorsque la porte s'ouvre, je vois Elisa en train de s'éloigner. Je la rappelle. « Mademoiselle Moore ? J'aimerais vous dire un mot, s'il vous plaît.

À quel propos ? » demande-t-elle à voix basse, anxieuse.

Elle se tourne vers moi, mais regarde dans la direction de son bureau. Je la fixe jusqu'à ce qu'elle s'approche, et je m'appuie contre le mur.

« Est-ce que tout va bien ? J'ai assisté à votre... altercation, au rez-de-chaussée. » Elle fronce les sourcils et pousse un petit soupir.

« Bien sûr. Je lui suis rentrée dedans, et il n'a pas été très aimable. Mais rien de plus, » m'explique-t-elle en me regardant intensément. « Pourquoi l'avez-vous regardé de cette manière ?

Je déteste les hommes qui se comportent ainsi avec les femmes, » j'admets à voix basse, et elle se penche pour entendre mes mots.

Je me rappelle pourquoi j'évite de boire au déjeuner d'habitude. Je pose mes doigts sur mes tempes, et je ferme les yeux un instant.

« Qu'est-ce qui ne va pas ? » me demande Elisa. J'entends l'ascenseur s'ouvrir derrière moi.

Je me retourne, et lorsque je vois qu'il est vide, je lui agrippe le bras et l'entraîne à l'intérieur pour avoir de l'intimité. Je sais que l'alcool me rend faible et me désinhibe. Je regarde son visage apeuré. « Que faites-vous ?

J'ai besoin de te goûter, » j'explique, puis je prends son visage entre mes mains et j'embrasse ses lèvres douces.

Elisa résiste un instant, mais bientôt elle recouvre mes mains avec les siennes et elle me rend mon baiser intensément. Sans regarder, j'appuie sur le bouton pour nous faire monter sur le toit, où je me rends de temps à autres lorsque je ressens le besoin de m'isoler un peu. Notre baiser se fait plus pressant alors que nous montons les étages. J'entends la sonnerie, et je me retourne en reprenant mon souffle. La porte s'ouvre, et je m'assure que nous sommes seuls avant de lui prendre la main et de l'entraîner dehors.

Je sais que je suis complètement sous le charme, et que c'est une très mauvaise idée, mais j'ai besoin d'aller plus loin. J'en veux plus.

Elisa frissonne. Elle lâche ma main et croise les bras sur sa poitrine. « Qu'est-ce qu'on fait ici ? Il faut que j'aille travailler, Damon. Il s'agit de ma carrière. » Elle évite mon regard, et reste collée contre le mur. « Votre comportement est étrange. Vous avez bu ? J'ai senti de l'alcool sur votre langue. »

Je me sens empli de honte, et je fais un pas en arrière pour la regarder. Elisa est effrayée, et même pire, elle est mal à l'aise. Je sais qu'elle m'a rendu mon baiser, mais à présent, elle ne semble plus sûre de rien. « J'ai bu quelques verres au déjeuner. Je t'ai vue dans l'entrée, et je n'ai pas réussi à te laisser partir, mais je ne pense pas que ce soit simplement dû à l'alcool. Je sais que je dois garder mes distances avec toi, Elisa. Mais je ne suis pas sûr d'en être capable.

J'ai besoin de ce stage, Damon. Je ne peux pas laisser passer cette opportunité, je n'en aurai peut-être pas d'autre. » Elle me regarde, et je lis la détermination dans ses yeux.

« Je ne peux pas prendre ce risque, même si je te désire plus que n'importe quel homme que j'ai jamais rencontré. Il faut que j'aille travailler. Ils vont m'attendre. » Je la regarde se tourner pour partir. Elle appelle l'ascenseur alors que je reste là, immobile dans l'ombre.

Je me sens vide, et comme cassé, pour la première fois de ma vie, du moins à cause d'une femme. D'habitude, elles sont prêtes à faire n'importe quoi pour moi, n'importe quoi pour que je les embrasse. Mais Elisa m'a tourné le dos. Je m'approche du bord du toit et je regarde les rues de la ville, de cette ville qui jusqu'alors semblait m'appartenir.

10

ELISA

Je me précipite à l'intérieur de l'ascenseur et j'appuie sur le bouton d'appel, avant de me retourner pour regarder derrière moi. Est-ce que j'ai envie qu'il vienne à ma poursuite, et qu'il me dise que je peux l'avoir lui et mon stage ?

Non, ce n'est pas ainsi que les choses doivent se passer. Je dois terminer mes études et trouver le meilleur emploi possible, pour pouvoir m'occuper de ma mère. Je ne dois pas oublier mes priorités parce que je suis attirée par mon patron.

J'entre dans la cabine de l'ascenseur et j'appuie sur le bouton de mon étage. Je lisse mes vêtements et je me recoiffe en regardant mon reflet dans le miroir. Il ne faut pas qu'on puisse voir ce qui vient de se passer avec Damon. D'ailleurs, je me demande ce que c'était. En sortant de la cabine, je vais dans les toilettes pour essayer de retrouver une contenance, ainsi que ma dignité, ou ce qu'il en reste.

En sortant, je croise Devin dans le couloir, et il s'arrête en me souriant. Je me suis remaquillée et je sais que j'ai à nouveau l'air normale, alors je lui rends son sourire. « Salut, toi. » Lorsqu'il m'embrasse, je compare son baiser à celui que j'ai échangé avec

Damon, et c'est le jour et la nuit. Celui de Devin n'est pas désagréable, mais lorsque Damon m'a embrassée, j'ai eu l'impression qu'il était devenu l'oxygène dont j'ai besoin pour survivre. Je sais que je me suis oubliée dans l'ascenseur, et que je lui ai montré mon attirance pour lui, mais il m'a comme intoxiquée ; même maintenant, ma bouche me brûle et j'en veux plus. J'ai l'impression que mon désir pour lui ne s'éteindra jamais, peu importe la distance que je mettrai entre nous.

« Salut, Devin. Comment vas-tu ? » je lui demande.

« Très bien. Je suis impatient d'être vendredi, » me répond-il en cherchant mon regard. Je finis par acquiescer.

« Oui, moi aussi. » Je sens une couche de transpiration recouvrir mon front sous son regard. Je passe rapidement ma langue sur mes lèvres. « Il faut que j'aille retrouver mon équipe, Devin. J'ai eu du retard aujourd'hui à cause de la circulation, et ils doivent m'attendre. Est-ce qu'on peut discuter après le boulot ?

Bien sûr, volontiers. Est-ce que tout va bien, Elisa ? » Il a l'air un peu inquiet, et je me passe la main sur le front en souriant.

« Oui, ça va. Je déteste être en retard, c'est tout. » J'aurais pu ajouter beaucoup de choses, mais je préfère me taire. Pas besoin de compliquer plus cette situation.

« Va retrouver ton équipe. On se verra dans le lobby à la fin de la journée. Vers dix-huit heures, c'est l'heure à laquelle tu termines, c'est bien ça ? » Je hoche la tête. Je finis vers cette heure-là normalement, mais j'ai déjà décidé de rester plus tard si on a besoin de moi. J'ai l'impression de devoir me rattraper à cause de ce qui vient de se passer avec Damon. « On se voit toute à l'heure. »

Autumn s'approche, et regarde Devin qui s'éloigne. « Alors, vous avez bien accroché tous les deux ?

Oui, pas mal. Je suis désolée d'être en retard, Autumn. Il y avait beaucoup de circulation sur la route. » Elle hausse les épaules.

« Ne t'inquiète pas. Tu travailles dur quand tu es là, et nous sommes à Boston. La circulation est un problème constant ici, » me dit-elle en souriant. Elle ouvre la porte des toilettes, et me dit avant de rentrer : « Va jeter un œil aux plans !! Le projet a l'air très prometteur. »

Je lui souris et j'entre dans notre salle, où je salue le reste de l'équipe. Je me plais vraiment ici. J'adore l'ambiance de créativité que je retrouve tous les jours. Je n'ai pas envie de mettre ma situation en péril à cause d'un béguin pour Damon, même si je n'ai jamais ressenti un désir pareil de toute ma vie. Ce stage est bien plus important pour mon avenir qu'une relation avec un homme, même si cet homme est Damon.

J'observe les progrès de notre projet d'un œil approbateur. J'ai vraiment envie d'être employée ici à plein temps et de faire ce travail tous les jours, et j'ai toutes mes chances. Il faut simplement que je fasse mes preuves, et cette opportunité se présentera.

Je me plonge dans le travail, nous échangeons des idées et en notons certaines pendant que Michael travaille sur l'ordinateur. Chacun a sa place dans l'équipe, et dans peu de temps, moi aussi j'aurai trouvé la mienne.

Finalement, nous avons continué à travailler jusqu'à vingt heures, et je sais que j'ai manqué mon rendez-vous avec Devin. Ça ne me dérange pas vraiment, et j'évite de me demander pour quelle raison. Devin est un homme bien pour moi, et une relation entre nous serait une bonne chose.

Vince me propose de me raccompagner, et j'accepte avec plaisir. Nous parlons du projet pendant tout le trajet. En rentrant chez moi, je me fais rapidement un sandwich avant d'aller dans ma chambre pour lire sur ma liseuse jusqu'à ce que je tombe de sommeil. Cela peut parfois être épuisant de discuter avec les filles lorsque nous sommes toutes à la maison, et je me demande quand j'aurai les moyens d'avoir mon propre appartement. J'aimerais trouver un endroit décent pour y habiter avec ma mère, dans un quartier où elle pourrait sortir en sécurité.

Je rêve de Damon cette nuit-là, et nous ne nous contentons pas de nous embrasser. Dans mon rêve, je le laisse me baiser dans l'ascenseur. Dans un monde parallèle, je le laisse me prendre contre le mur et je crie son nom. Nous baisons intensément et brutalement, et j'entends le bruit de nos corps qui tapent l'un contre l'autre. Je me réveille en poussant un long gémissement. Je retire la main de ma culotte et je me tourne vers le lit de Melody, un peu horrifiée, mais heureusement, elle s'est déjà levée.

Je n'arrive pas à croire que j'ai rêvé de ça. Si j'en crois les pulsations dans mon bas-ventre, j'ai pris mon pied en dormant. C'est très embarrassant. Il faut vraiment que je trouve un moyen de le faire sortir de ma tête.

Je me douche et je vais en cours en portant une jupe et un petit pull pour être déjà habillée pour le stage. Il fait froid dehors, mais mes collants et ma veste me tiennent chaud. Je bois un café en prenant des notes et en essayant de me concentrer sur mes cours. La plupart des étudiants travaillent sur ordinateur, mais je préfère écrire, parce que je me suis rendue compte il y a déjà longtemps que je retiens mieux mes leçons ainsi. En général, je réécris même mes cours au propre, ce qui me permet de réviser et de vraiment intégrer leur contenu. J'ai encore du mal à me concentrer aujourd'hui, et je termine mon café en fronçant les sourcils.

À la pause, je vais acheter un muffin et un autre café en soupirant. À Elkus, tout le monde boit du café toute la journée, et je pense que je vais bientôt devoir me mettre à faire de même. Jusque-là, je ne buvais du café qu'exceptionnellement, en cas de grande fatigue.

En descendant du bus devant l'immeuble, je cherche un café des yeux, et j'en vois plusieurs dans la rue. Je ris doucement, et je vois la porte d'un d'entre eux s'ouvrir et Damon en sortir avec Brent. Il est tellement beau que j'en ai le souffle coupé. Il porte l'un de ses costumes, et il est encore plus séduisant avec la veste sombre qu'il porte par-dessus. Il est toujours impeccable, habillé et coiffé à la perfection, me dis-je en le regardant avec envie.

À part hier. Hier, il semblait un peu secoué après l'épisode dans l'ascenseur. Lorsqu'il tourne la tête dans ma direction, je repasse la scène de la veille dans ma tête, et je sens une chaleur m'envahir. Même à distance, je peux voir ses pupilles se dilater et sa bouche s'entr'ouvrir. Je me passe la langue sur les lèvres.

Je me tourne pour rentrer dans le bâtiment en essayant d'ignorer ce qu'il me fait ressentir.

11

DAMON

J'étais dans tous mes états lorsque je suis redescendu du toit et que je suis rentré dans mon bureau. J'ai dû déployer un effort presque surhumain pour ne pas aller chercher Elisa dans son bureau pour la ramener dans le mien et la sauter. Mon bureau est le plus spacieux de la boîte, et j'avais envie de la prendre dans plusieurs endroits de la pièce, quelque chose que je n'avais jamais eu envie de faire avec une autre fille.

Je repense à ce qu'elle m'a dit en essayant de me concentrer sur mes e-mails. Je peux en dire autant me concernant. Je ne peux pas risquer ma position en sortant avec elle, parce que ça irait absolument à l'encontre des règles que je me suis fixé. Je vois bien qu'Elisa n'est pas le genre de fille à avoir envie de laisser tomber ses études pour que je l'entretienne, contrairement à la plupart des filles que je rencontre. Elisa semble vraiment tenir à réussir sa carrière, et je sais qu'elle a le talent pour y parvenir. Elle ne reculera devant rien pour y arriver, et ce trait de caractère chez elle me fait la désirer encore plus.

Elisa est différente.

Je pars quelques heures après l'incident, lorsque je

comprends que Brent a remarqué que je ne suis pas dans mon état normal. Il est l'une des rares personnes que je considère comme un ami, et je ne peux pas lui confier ce qui me trouble. Je prétends avoir un rendez-vous et je quitte le bâtiment pour aller au sport. Ça m'aide à retrouver le contrôle.

Je fais de l'exercice pendant une heure, et je remarque qu'une rousse n'arrête pas de regarder dans ma direction. Ses cheveux sont teints d'une couleur artificielle, mais elle a un corps bandant, et je la détaille lorsque qu'elle me regarde en souriant. Elle finit par s'approcher de moi alors que je finis une session sur le tapis de course, et elle me regarde intensément de ses yeux noisette. « Salut. Je t'assure, ce n'est pas mon genre d'accoster des hommes à la salle de sport, mais je n'ai pas pu m'en empêcher.

Pas de problème. Je m'appelle Damon. Et toi ? » Même en descendant du tapis de course, je la dépasse encore de plusieurs têtes.

« Je suis Nathalie. J'ai emménagé dans l'immeuble il y a quelques semaines, » me répond-elle. Je l'observe. Elle doit être dans les affaires si elle habite ici. Je regarde si elle porte une alliance. J'ai appris très jeune que même mariées, ça n'empêchait pas de nombreuses femmes de me draguer, mais elle ne porte pas de bague. Nathalie semble avoir à peu près mon âge. Je la regarde en souriant.

Nous prenons l'ascenseur ensemble, et elle m'apprend qu'elle possède une entreprise de produits cosmétiques de luxe en ville. Je ne connais pas bien ce milieu, mais sa marque est assez réputée pour que j'aie déjà entendu son nom, et je sais qu'elle gagne bien sa vie. Elle m'invite chez elle pour boire un café, et j'accepte. J'observe son appartement pendant qu'elle fait couler le café. La décoration est simple et élégante, et me confirme qu'elle est célibataire.

Nous nous installons dans le salon avec nos tasses, et je lui parle un peu de mon entreprise. Je vois son regard briller, comme chaque fois que je parle de ma carrière à une femme. Elle est impressionnée et séduite, et je décide égoïstement d'en profiter.

Je la laisse faire le premier pas, mais lorsqu'elle m'embrasse, je prends ensuite les choses en main. Ses lèvres ne me font pas du tout le même effet que celles d'Elisa, mais je n'y prête pas attention. Je l'entraîne dans sa chambre et je déchire son haut, puis j'arrache sa brassière pour libérer ses seins. Je sais déjà que Nathalie n'aime pas les mêmes choses que moi sexuellement, mais elle se laisse faire docilement. Elle se retrouve nue et elle me suce, à genoux devant moi. Je pousse ma queue dans sa bouche en baissant mon short. Nous sommes tous les deux couverts de transpiration après le sport, mais l'idée qu'elle me nettoie avec sa langue m'excite. Je me penche et je caresse son clito. Elle gémit, la bouche pleine.

Je pense à la bouche d'Elisa en me pressant plus fort contre elle, et je ferme les yeux. Je la pénètre avec un doigt, et elle se cambre. Elle m'effleure avec ses dents. Je me retire, et je la regarde. Elle respire fort, toute rouge. « Tu as une capote ? » je lui demande. Je n'aborde pas les femmes dans mon immeuble d'habitude, et je n'emporte jamais de préservatifs quand je vais à la salle de sport.

Elle ouvre le tiroir de la table de chevet et m'en passe un. Même si je n'avais pas déjà un doigt logé profondément en elle, je pourrais deviner qu'elle me désire à son regard. Je déchire l'emballage et je fais glisser le latex le long de mon membre gonflé. Je lui dis de se mettre à quatre pattes, et elle obéit avec empressement. Je lui écarte les cuisses et je la pénètre violemment jusqu'à la garde. Elle pousse un cri et se cambre. Je commence à la pilonner brutalement en agrippant ses hanches.

Les seins appétissants de Nathalie rebondissent dans la lumière pendant que je la saute, et je tends la main pour en prendre un en coupe. Je trouve son téton et je le pince sans délicatesse. Elle pousse un cri et je sens sa chatte se resserrer autour de ma bite. Je souris, et je la pince plus fort. Elle jouit bruyamment, et je gicle dans la capote, mon esprit rempli d'images d'Elisa.

Je bande encore, même après avoir éjaculé. Je la retourne sur le dos et je suce ses petits seins avant de la sauter encore une fois. Elle est comme une poupée entre mes bras, et je la sens jouir encore, en gémissant doucement. Je lui mords le sein et j'éjacule alors qu'elle se raidit. Elle jouit encore une fois, et une moiteur coule autour de ma queue alors que je remplis la nouvelle capote que je lui avais demandée.

Je sens ma colère contre moi se réveiller malgré le soulagement physique, et je me retire de la femme allongée en dessous de moi. En lui jetant un coup d'œil, je constate que l'expérience a été bien plus significative pour elle que pour moi. Je me lève et je vais me rincer dans la salle de bain.

Je repasse notre conversation en revue pour m'assurer que je ne lui ai pas dit où j'habite dans l'immeuble, ni le nom de mon entreprise. Nathalie était si occupée à essayer de me séduire en parlant d'elle, que je n'ai pas eu le temps d'en dire trop, ce qui me rassure à présent. J'espère qu'elle a pris son pied, parce que ça ne se reproduira plus jamais entre nous. Je sens les défenses que j'érige autour de moi se remettre en place. Je sors de la salle de bain et je récupère mon short par terre. J'ai besoin de prendre une douche.

« Damon, est-ce que tu t'en vas ? » me demande Nathalie depuis le lit.

« J'ai du travail. » Mon ton est froid, et à l'autre bout de la chambre, je la vois remonter les couvertures autour de son corps en frissonnant. J'espère qu'elle comprend bien que ça n'arrivera plus entre nous.

« Oh. » Sa voix est faible, mal assurée. Je me dirige vers le salon pour prendre le reste de mes affaires et je sors de son appartement sans dire un mot de plus.

Il faut que je trouve un moyen de reprendre le contrôle. Je ne comprends pas ce qui m'arrive.

12

ELISA

J'ai travaillé jusqu'à plus de vingt heures ce soir, et je me demande si c'est ce qui va se passer dorénavant. Est-ce que je vais progressivement rester de plus en plus tard jusqu'à ce que ce stage occupe toute mon existence ? Ou est-ce simplement un moyen pour moi de ne pas penser à Damon ? J'accepte la proposition d'un collègue de me ramener, et une fois rentrée j'étudie pour un examen que je dois passer le lendemain. Ce qui me fait prendre conscience que nous sommes vendredi demain, et que j'ai un rendez-vous galant. Je n'ai vu Devin que de loin au travail le reste de la semaine, mais je sais qu'il me retrouvera demain.

Je soupire en relisant mes notes, et je suis contrariée de ne pas avoir eu le temps de les remettre au propre cette semaine, comme j'aime le faire d'habitude. Je bois une gorgée d'une boisson énergétique, dont je ne me sers que lorsque j'en ressens vraiment le besoin. Je jette un coup d'œil à Melody, penchée sur ses livres de cours avec des écouteurs dans les oreilles pour mieux se concentrer. Je ne suis même pas sûre qu'elle écoute de la musique ; elle est totalement immobile.

Je me concentre sur les mots sur ma feuille en me pelotonnant dans la couverture. Nous avons le chauffage et la climatisation dans l'appartement, mais l'isolation n'est pas optimale, et le froid s'infiltre à travers les murs.

Je pense à mon rendez-vous du lendemain, en me demandant ce que nous allons faire. Je me souviens du regard de Devin lorsque je l'ai croisé devant les toilettes, et je sais qu'il voudra davantage qu'un bisou. Je l'intéresse, bien plus que lui ne m'intéresse. Est-ce que je ferais mieux de me laisser faire, et de m'offrir à lui ? Peut-être que ça m'aiderait à calmer le désir profondément ancré dans mon corps, puisque ni les rêves incessants ni les orgasmes ne semblent le faire. Peut-être que ce serait une solution facile, me dis-je en relisant encore une fois le même passage.

Je me couche vers minuit, trop fatiguée pour rester éveillée. La lumière est déjà éteinte dans la chambre, et je me sers de la petite lampe de lecture que j'ai achetée d'occasion pour relire une dernière fois ma leçon. Je regrette de ne pas avoir d'ordinateur pour étudier plus facilement, mais je me débrouille sans. Je me pose les questions du cours en chuchotant et j'y réponds, avant de finir par m'endormir.

Je me réveille suffisamment en avance pour avoir le temps de prendre une douche et je pars en cours. J'espère que Devin aura prévu un peu de temps avant le dîner pour que je puisse rentrer me changer à la maison, pour éviter d'avoir trop l'apparence de l'étudiante débordée que je suis. Je passe l'examen et je me sens confiante en sortant de la salle. Je me dirige vers la salle de classe où se tient le dernier cours que j'ai aujourd'hui.

Mes camarades ont remarqué mon changement de style vestimentaire, étant donné que je m'habille pour le travail dès le matin à présent. Je n'ai pas énormément d'amis, mais je leur ai parlé de mon stage, et je reçois des compliments de plus en plus fréquemment. Je constate qu'ils sont tous impressionnés. Je me demande combien d'entre eux ont postulé pour ce stage, ou pour un autre, et ont échoué.

Je me rends au bureau plus tôt que d'habitude pour travailler un peu après mes cours. Je sais que je partirai plus tôt ce soir, et je veux rattraper le temps que je perdrai, même si je travaille déjà plus que ce qu'on me demande. Je me rappelle constamment que ces efforts seront récompensés par la suite, quand j'aurai enfin une sécurité financière. Je croise Devin un café à la main en arrivant, et nous discutons de nos projets pour le soir en nous dirigeant vers les ascenseurs. Je lui dis que je souhaite passer chez moi pour me changer, et nous convenons qu'il viendra me chercher vers dix-neuf heures. Je ne suis pas sûre d'avoir la place pour une relation dans le chaos qu'est ma vie en ce moment, mais il vaut la peine que j'essaie.

J'ai l'impression que l'après-midi passe à toute vitesse, et je me retrouve bientôt dans un taxi en direction de mon appartement. Je meurs de faim, et je suis contente de savoir que nous allons aller dîner ce soir. Le taxi se déplace au milieu du trafic, constant dans les rues de Boston. Chez moi, toutes mes colocataires sont là avec de nombreuses amies, et je me dépêche de passer la seule petite robe noire décente parmi mes vêtements avant d'aller me maquiller devant le petit miroir de la salle de bain. Je mets les mêmes chaussures à talons que le jour de l'entretien, et je vais retrouver les filles dans le salon. Elles sont installées dans le canapé et gloussent en me voyant. Elles ont l'air excitées. Il y a de l'animation dans l'appartement ce soir, on se croirait dans une boîte de nuit.

« Elisa, tu t'es fait belle ! Tu sors ce soir ? » me demande une de mes colocataires. J'acquiesce en souriant, et je vais me servir un verre d'eau à la cuisine.

« Oui, j'ai rendez-vous. » Elles se regardent avec des expressions surprises. Je sais qu'elles sont un peu choquées, parce que c'est la première fois que ça arrive. Je vérifie l'heure sur l'horloge de la cuisine en buvant lentement. Il me reste encore quelques minutes. Ça va me faire du bien de sortir un peu de cet appartement ! On frappe doucement à la porte, et une de mes colocataires se précipite pour aller ouvrir avant que j'aie le temps de protester. Je prends ma veste et je m'approche de la porte.

Toutes les filles dévisagent Devin lorsqu'il dit qu'il vient me chercher, et elles se tournent vers moi, des questions plein les yeux. Je m'avance vers lui en souriant, et nous sortons de l'appartement.

« Vous habitez toutes ensemble ? » me demande Devin alors que nous sortons de l'immeuble.

« Mon dieu, non. La plupart de mes colocataires reçoivent des amies le week-end. » Il me prend par la main et m'indique une voiture luxueuse garée un peu plus loin. Il m'ouvre la portière, et je peux sentir l'odeur du cuir en m'installant sur le siège confortable. « Personnellement, je préfère sortir. C'est déjà assez petit lorsqu'on est juste entre nous.

Tu n'es pas très proche d'elles, hein ? » me demande-t-il en démarrant la voiture. Je suis surprise de ne presque pas entendre le moteur. Quelle différence avec la voiture de ma mère !

« Non, pas vraiment. C'est simplement un arrangement pour économiser de l'argent, » je réponds, et il fronce les sourcils.

« Ce ne serait pas mieux pour toi de vivre sur le campus ? » me demande-t-il. Je prends un moment avant de répondre à cette question qu'on me pose si souvent.

« Je n'en ai pas les moyens, pas tant que je n'aurai pas un emploi. Et puis, ce n'est pas si terrible, surtout maintenant que je suis presque tout le temps au bureau. Je n'y suis que pour dormir et étudier, et l'appartement n'est pas trop mal. » J'ai tellement répété ce mensonge que ma réponse sonne naturelle à présent, prononcée d'une voix confiante.

« Il pourrait être situé dans un meilleur quartier, » grommelle Devin, et je lui souris.

« C'est pour ça que je suis contente que mes colocataires dorment chez des mecs qui habitent dans ce genre de coins, » je réponds. Il éclate de rire.

« Mais pas toi ? » Je secoue la tête.

« Non, pas moi. » Je suis curieuse de savoir où nous allons, et je suis ravie lorsque je vois que nous entrons sur le parking de l'un des meilleurs restaurants de la ville. Il m'ouvre la portière et il confie les clefs à un valet qui attend sur le trottoir.

Il y a beaucoup de monde à l'entrée, et Devin m'entraîne directement vers la réceptionniste et lui donne son nom. Elle nous emmène vers une table dans un coin isolé. Devin me demande si j'aime le vin, et lorsque je hoche la tête, il en commande une bouteille.

J'apprends à le connaître un peu mieux au cours du repas. Devin me confirme que sa famille est riche, et que c'est elle qui finance ses études. Nous avons des vies complètement opposées, lui et moi. Il me pose des questions sur moi, et je lui parle un peu de ma mère, de mon enfance et de notre existence. Je vois ses yeux se teinter de pitié alors qu'il m'écoute. Je déteste ça, mais il tend la main pour la poser sur la mienne sur la table. « Je suis désolé, Elisa. Mais je peux voir que tu t'en sors bien.

Ah oui ? » je lui demande en le dévisageant.

« Oui, bien sûr. Tu es dans l'une des meilleures écoles du pays, et tu as obtenu un stage que tout le monde désire, Elisa. Tu as une très bonne situation, et tu ne vivras pas dans cet appartement toute ta vie, » m'explique-t-il. Je fronce les sourcils. « Et puis, tu es ici, avec moi.

C'est vrai, » je réponds timidement. Je lâche sa main pour prendre une bouchée de saumon et je lui souris.

Nous finissons de dîner quelques heures plus tard, et il me prend la main alors que nous marchons dans la rue en passant devant des boutiques. Il raconte quelques blagues, et je ris avec lui. Je passe un bon moment, même si je ne ressens rien de comparable à ce que Damon peut me faire ressentir. Mais c'est un bon début.

Il tourne au coin de la rue, et je vois que nous nous trouvons dans un quartier résidentiel. Je me tourne vers lui. « Où sommes-nous ? » je lui demande. Il se passe la main dans les cheveux en me souriant.

« C'est mon immeuble, » me répond-il en indiquant un bâtiment en brique un peu plus loin. Il veut que je monte chez lui, ce qui signifie qu'il a encore envie de m'embrasser. Il voudra peut-être même faire davantage. Je passe ma langue sur mes lèvres, et je le laisse m'emmener en essayant de déterminer si c'est vraiment ce dont j'ai envie. Il a l'air d'être un type bien, et il se comporte de manière galante avec moi, du moins jusque-là. Devin essaie d'apprendre à me connaître, malgré nos différences. Il mérite une chance.

Nous nous apprêtons à entrer dans son immeuble, lorsqu'une voiture s'arrête derrière nous. J'entends quelqu'un tousser. Je me retourne et je découvre Damon en train de nous observer depuis l'intérieur de la voiture. Devin fronce les sourcils. « J'espère que tu traites ma stagiaire avec respect, » lui dit Damon par la vitre. Je vois que Devin se demande qui c'est.

« Votre stagiaire ? Oui, bien sûr. Je respecte toujours les femmes. » Devin attend la réponse de Damon, mais la vitre se referme, et la voiture démarre et s'éloigne. « Bon sang, c'était quoi, ça ? » demande Devin en se tournant vers moi.

« Aucune idée. Il doit travailler avec nous au bureau, il a dû nous reconnaître, » je réponds tranquillement, même si j'ai les nerfs en boule et que je suis au bord de la crise de panique. « Il n'était pas présent le jour de l'entretien ?

Oui, peut-être, il me dit quelque chose. C'est vraiment bizarre, » me répond-il. « Allons-y, Elisa. »

Je le suis dans les escaliers, en me retournant pour voir si la voiture de Damon est encore dans la rue. Qu'est-ce qu'il faisait là ?

13

DAMON

Je me suis promis de ne plus fréquenter de femmes trop proches de ma vie personnelle. J'ai déjà revu Nathalie quelques fois dans mon immeuble, et j'ai dû changer de salle de sport pour l'éviter. Je n'ai pas envie de me comporter comme un connard chaque fois que je la croise. Elle n'a rien fait de mal, mais je peux voir dans son regard qu'elle pense que c'est le cas. C'est pour ça que je m'en tiens aux rencontres que je fais dans le club, dans ces pièces où je sais que je ne reverrai pas ces filles ailleurs. Je les fais souffrir, et je les baise parfois, sans avoir besoin d'engager la conversation ni de leur offrir des verres.

Chaque fois que je vois Elisa au bureau, je me sens faible. J'ai envie de laisser tomber toutes mes règles personnelles pour elle, même si je sais que ce serait une erreur. Je ne lui parle pas lorsque je la croise dans les couloirs, mais je sens qu'elle me regarde. Je l'ai vue discuter avec l'autre stagiaire, et j'ai fait une crise de jalousie lorsque je les ai vus partir ensemble. Elle lui sourit et elle rit avec lui, mais je vois bien qu'il ne lui fait pas autant d'effet que moi. J'ai eu envie de le tuer lorsque je les ai vus entrer dans un immeuble en brique ensemble l'autre soir. Il avait la main posée dans le creux de son dos.

Je fréquente une nouvelle salle de sport. J'ai besoin de continuer à faire de l'exercice, ça me permet de me détendre un peu et de rester au top de ma forme. J'ai besoin de garder le contrôle, surtout que j'ai l'impression de perdre la tête chaque fois que je vois Elisa.

J'ai fait des recherches sur elle. Elle fait partie des meilleurs élèves de son école, et elle vit dans une partie de la ville où je pense qu'elle n'est pas en sécurité. Après quelques recherches supplémentaires, j'ai compris que beaucoup d'étudiants louaient des appartements dans le quartier, et je suppose qu'elle a des colocataires. Mais que pourrait bien faire un groupe de filles contre quelqu'un qui en aurait après leurs vies ? Je refuse d'imaginer qu'elle puisse vivre avec un homme, parce que je la considère comme mienne, dans un coin sombre de mon esprit.

Je me suis rendu au club quelques fois au cours de la semaine, quand j'avais du temps après le travail. J'ai regardé des filles me sucer, et je leur ai donné la fessée avec tous les instruments qui me faisaient envie. Je les ai baisées dans toutes les positions que je voulais. J'aime le fait de pouvoir rentrer chez moi tranquillement après en avoir fini, mais ça ne me fait pas oublier ma stagiaire. Je crois même que quelque part, c'est pire qu'avant.

J'ai trouvé une nouvelle salle de sport, dont l'inscription coûte très cher. On m'a assuré que j'y serai tranquille lorsque j'ai posé la question. Je n'y vais que pour faire du sport, et je n'ai pas envie de me faire accoster par des femmes et de me faire interrompre lors d'une des activités les plus importantes de ma journée. J'ai changé l'itinéraire de mon jogging afin de m'y rendre tous les matins. Elle est située non loin de chez moi, ce qui est pratique. Les membres sont tous isolés dans leur coin, des écouteurs sur les oreilles. Ça me plaît, et j'ai pu conserver la même routine matinale qu'avant. Je prends encore plus soin de ma condition physique.

Un mois après le début de son stage, j'ai eu une idée. Puisque je ne supporte pas d'être loin d'Elisa, pourquoi ne pas en faire mon assistante personnelle ? Après tout, je m'occupe de beaucoup de choses, et une assistante me serait bien utile. Ça fait des années que Brent me le répète. Apparemment, elle fait du très bon boulot, et je n'entends que des retours positifs sur elle.

Vers le milieu de la semaine, j'appelle Brent pour qu'il vienne me voir dans mon bureau. Il entre, un café à la main, et je remarque les cernes sous ses yeux. « Qu'est-ce qui t'arrive ? » je lui demande. Il hausse les épaules en s'asseyant, et il pose le café sur la table.

« Je suis sorti tard hier soir. J'ai une nouvelle copine, plus jeune que moi. Elle est pleine d'énergie, » me dit-il en rigolant. Il me regarde d'un air malicieux. « Tu devrais vraiment sortir avec des filles de temps en temps, patron.

Je préfère me simplifier la vie, » je réponds. Il hausse les épaules.

« C'est pour ça que je voulais te parler.

Oui, quoi donc ? » me demande-t-il. Je répète le laïus que j'ai préparé.

« J'ai de plus en plus de boulot, et j'ai remarqué que mademoiselle Moore fait du très bon travail avec ton équipe, » je commence. Je vois son regard s'assombrir.

« Ne me dis pas que tu veux en faire ta secrétaire, Damon. Elle est la meilleure de sa classe, et elle adore ce qu'elle fait avec mon équipe en ce moment. » Je me cale mieux dans mon fauteuil. Je m'attendais à ce qu'il me dise ça.

« Ce n'est pas du tout ce que j'ai en tête. Je me disais simplement qu'elle pourrait m'assister, un jour par semaine, juste pour m'aider à y voir plus clair. Je sais que ton équipe est la meilleure

La Stagiaire 73

de la boîte, et qu'elle ne vous manquera pas trop. J'ai regardé les chiffres. » Je regarde Brent, qui semble y réfléchir.

« Engage une assistante, » me propose-t-il. Je lève les yeux au ciel.

« Je ne veux pas quelqu'un à plein temps, Brent. J'ai juste besoin d'un coup de main de temps à autre, pour traiter tous ces dossiers qui s'empilent sur mon bureau. À cause de ça, je ne me tiens pas trop au courant des affaires, dernièrement. » J'en rajoute un peu. En fait, ça ne va pas si mal. Mais j'ai envie de me retrouver seul avec Elisa, pour apprendre à mieux la connaître. J'ai peut-être envie de découvrir quelque chose à son sujet qui me déplaira, pour arriver à l'oublier. « Je sais qu'elle ne t'est pas indispensable.

Oui, je suppose. Mais tu ne t'es jamais trop intéressé à nos stagiaires avant. Qu'est-ce qui se passe ? » me demande Brent en m'observant, les sourcils froncés.

Je lui parle du nouveau client, et des réunions futures en perspective. Il ouvre de grands yeux. « J'ai besoin de quelqu'un pour m'aider à gérer mes rendez-vous, pour faire quelques recherches, ce genre de choses. On est en train de se développer, mon pote. Dans peu de temps, on va tous gagner beaucoup plus d'argent. »

Brent quitte mon bureau enthousiaste, et il m'a promis de m'envoyer Elisa dans la journée pour que je puisse lui parler de mon idée. Lorsqu'il referme la porte, j'ai un grand sourire. Je laisse mon esprit vagabonder. Je pense à Elisa, mais pas en rapport avec le travail. Je jouerai le jeu, en essayant de décrypter qui elle est, de voir ce qui lui plaît. J'ai envie de connaître ses désirs, et de voir si je peux l'aider à en réaliser certains. Je caresse ma queue sous mon bureau.

Je regarde mes rendez-vous de la journée et j'organise mon emploi du temps en prévoyant les réservations nécessaires ainsi que des réunions avec mes managers. En réalité, j'ai vraiment besoin d'une assistante, mais je ne prendrai pas n'importe qui. J'ai besoin d'elle, qu'elle soit dans mon bureau pour que je puisse la voir, la sentir. Je meurs d'envie de pouvoir la goûter à nouveau. Après une heure passée assis, je me lève pour aller regarder la vue par la fenêtre.

Ensuite, je vais chercher un café, pour me réveiller mais aussi pour me dégourdir les jambes. Tout est silencieux à mon étage, les réunions avec les clients se passent derrière des portes closes, contrairement aux équipes qui travaillent dans de grands espaces ouverts. Je me souviens de l'époque où j'étais dans les étages plus bas, à observer et à apprendre le métier, lorsque Kenneth se trouvait à ma place. C'était plaisant d'être au cœur de l'action, mais je suis excellent dans mon métier, à ce poste. C'est ma place naturelle, et je gagne beaucoup d'argent.

Je me sers un café, et j'ajoute un peu de crème et de sucre. Je n'en bois pas souvent, sauf quand je suis vraiment préoccupé. Mon emploi du temps rigoureux et rempli de sport me permet de dormir tôt. Mais dernièrement, je passe mon temps à penser à Elisa.

Je retourne dans mon bureau, je pose le café sur la table et je desserre ma cravate. On frappe doucement à la porte, et je dis à la personne d'entrer.

Elisa entre dans le bureau, vêtue d'une jupe droite à fleurs qui moule ses formes et d'une chemise grise qui met ses courbes en valeur. Elle est magnifique. Elle repousse ses cheveux en arrière et se mord la lèvre, ce qui me fait bander dur. « Vous vouliez me voir, monsieur ? »

Ce simple mot envoie encore plus de sang dans mon bas-ventre, et je m'assois vite dans mon fauteuil pour lui cacher l'effet qu'elle me fait.

14

TROISIÈME PARTIE

ELISA

Je suis tellement nerveuse en me dirigeant vers le bureau de Damon que mes mains tremblent, et je sens la transpiration couler le long de mon dos. J'essaie de me reprendre à grand-peine. Je ne sais pas pourquoi il souhaite me voir. Brent m'a simplement demandé de me présenter à son bureau dans l'après-midi.

De quoi peut-il s'agir ? S'apprête-t-il à me virer ? Ce n'est pas possible. Même s'il m'est difficile d'être proche de lui tous les jours, j'ai besoin de ce stage, pour assurer un avenir stable à ma famille. Je n'ai rien fait de mal, à part essayer de rester loin de lui, comme il semble le souhaiter d'ailleurs... Alors pourquoi demande-t-il à me voir ?

Je remarque que la porte de son bureau n'est pas complètement fermée. Je prends une grande inspiration avant de frapper. On verra bien ce qui se passe. Il me dit d'entrer, et je pousse doucement la porte.

Cette pièce est immense, il y a du parquet au sol, un grand bureau en bois de cerisier et une baie vitrée intégrale. La vue est incroyable d'ici, mais je suis distraite par l'homme qui traverse la pièce et va s'asseoir derrière son bureau. Damon porte un costume noir, mais il a retiré sa veste et sa cravate est desserrée. Je le fixe intensément. Je remarque que ses pupilles se dilatent lorsqu'il se laisse tomber dans son fauteuil. Il soupire profondément.

Je me sens très nerveuse, et je m'éclaircis la gorge avant de parler. « Vous vouliez me voir, monsieur ? » La situation me paraît très incongrue, et j'ai un peu la tête qui tourne alors que j'essaie désespérément de me concentrer.

« Oui, tout à fait. Asseyez-vous, » me dit-il de sa voix grave, en me montrant la chaise en face de lui. Son bureau est impeccable, ses documents proprement rangés de part et d'autre, et j'en déduis qu'il aime l'ordre dans sa vie. En regardant autour de moi, je remarque que toute la pièce est rangée de la même manière. Je me passe la langue sur les lèvres. Il ne dit rien, et je reporte mon attention vers lui pour voir ce qu'il fait.

Damon me regarde fixement, et lorsque je rejette mes cheveux en arrière, il plisse les yeux. S'il compte me virer, j'espère qu'il va le faire vite. Qu'on en finisse, et que je puisse partir en pleurant, sans savoir quoi faire ensuite. Je sais que ça peut paraître dramatique, mais je pense vraiment que c'est comme ça que je risque de réagir. « Monsieur, si vous pouviez juste... » Il me regarde, interrogateur, et je perds mes moyens. Je me reprends en rougissant. « Pardonnez-moi. Prenez votre temps.

Damon. Je m'appelle Damon. Ne m'appelez pas monsieur, » murmure-t-il, et je le sens se tendre derrière son bureau.

« Je vous ai fait venir ici après avoir eu une discussion avec votre référent, Brent. Je parle régulièrement avec tous mes managers pour me tenir informé des progrès de chacun. » Je sens mon cœur se glacer. Brent n'est pas content de mon travail. Je vais vraiment être virée. Je réfléchis furieusement pour essayer de comprendre ce que j'ai bien pu faire en fixant le mur derrière Damon. « J'aime savoir comment s'en sortent les stagiaires, et Brent n'avait que des compliments à faire à votre sujet, mademoiselle Moore. »

Je suis stupéfaite par sa phrase, mais surtout par le fait qu'il m'appelle par mon nom de famille. « Appelez-moi Elisa, » je lui rappelle. Il ne me quitte pas des yeux. « Je suis heureuse de l'entendre. Merci. » J'attends la suite, encore plus curieuse de ce qui va suivre. J'attends qu'il continue.

« Je suis un homme borné, et je ne demande pas assez d'aide autour de moi. Et lorsque ça m'arrive, j'ai besoin d'être entouré des meilleurs. En ce moment, l'entreprise a accepté des nouveaux contrats et je pense avoir besoin d'un peu d'assistance. Je rencontre des nouveaux clients, des personnes importantes pour discuter de projets faramineux. Je dois me concentrer encore davantage, car Elkus Manfredi est en train de se développer. C'est pour cette raison que je me suis renseigné à propos des nouveaux internes que nous avons engagés, Elisa. » Lorsqu'il prononce mon prénom, il a l'air de souffrir, pour une raison que je ne comprends pas. « Je n'ai pas envie d'engager une assistante à plein temps. Plutôt une personne à mi-temps, qui pourra m'aider à organiser mes rendez-vous, répondre au téléphone et à mes e-mails. J'ai besoin d'être délesté des tâches qui prennent du temps, pour être plus disponible pour promouvoir l'entreprise. C'est pour ça que j'ai demandé à vous voir. » Je le regarde, sans comprendre où il veut en venir. « J'aimerais que vous soyez mon assistante, Elisa. Je pense que vous êtes qualifiée, d'après ce que j'ai vu, et j'ai totalement confiance en l'opinion de Brent sur la qualité de votre travail.

Mais, et l'équipe ? » Je demande, inquiète. Il me fait un petit sourire fatigué.

« Vous continuerez à travailler avec eux la plus grande partie du temps. Je n'aurai besoin de vous que de temps en temps chaque semaine. Mais je suis conscient de l'importance que vous accordez à votre stage. Je sais que vous voulez être intégrée dans une équipe à l'issue de celui-ci, et je ne m'y opposerai pas. Je m'assurerai que ce rôle ne vous empêche pas de vous investir avec votre équipe. J'ai simplement besoin d'un peu d'aide, et je pense que vous êtes la personne parfaite pour ça.

Je suis flattée, » je réponds, même si je suis surtout ébahie. Je n'avais jamais pensé à être assistante avant. Je le regarde caresser sa cravate, et je perds le fil de mes pensées.

« Ce poste présente des avantages. Les heures que vous passerez auprès de moi seront comptées, et vous recevrez la paie standard pour une assistante, puisqu'il s'agit d'une position supplémentaire, à part de votre stage. On vous fournira également un iPad dont vous pourrez aussi vous servir chez vous, et un nouveau téléphone portable pour que je puisse vous joindre. Ces appareils seront paramétrés pour que vous ayez accès aux documents de l'entreprise, où que vous vous trouviez. Je pense que je peux compter sur vous pour ne partager ces informations avec quiconque; vous serez très impliquée dans l'entreprise, et en contact avec des documents sensibles. Si vous acceptez ma proposition, je devrai vous faire signer un accord de confidentialité. »

Un emploi rémunéré ? Même si ce n'est pas à plein temps, c'est de l'argent que je pourrais mettre de côté, pour aider ma mère. Ça fait beaucoup d'informations. J'ouvre la bouche pour parler, puis la referme. Je me demande comment j'arriverais à travailler avec lui, alors que ma culotte est déjà trempée en le peu de temps que j'ai passé assise en face de lui. J'ai besoin d'oublier ce qui s'est passé entre nous, et ce n'est peut-être pas le meilleur moyen pour y arriver. Et puis, il m'a dit qu'il voulait que l'on reste loin l'un de l'autre. Mais il s'agit d'une opportunité incroyable, et d'une chance de rester employée dans l'entreprise par la suite. « Ouah, ça fait beaucoup d'informations. Je... Je pense que j'aimerais beaucoup faire ça. J'accepte votre proposition. »

Il a l'air surpris, mais il se reprend rapidement et il hoche la tête en me tendant des documents sur son bureau. « Tenez, ce sont les documents que vous avez à remplir. Mon avocat les a créés, et tout le nécessaire y est. »

Je me penche vers le bureau pour prendre le stylo qu'il me tend, et je passe ma langue sur mes lèvres en commençant à lire le premier document. Il s'agit d'un contrat ordinaire, à part l'accord de confidentialité dont il m'a parlé. Je suis tenue au secret concernant tout ce que je pourrais voir et apprendre ici. « Cela inclut les autres stagiaires que vous pourriez fréquenter en dehors du bureau. » Sa voix est glaciale, et lorsque je lève les yeux vers lui, je remarque qu'il me dévisage avec un regard brûlant qui me fait rougir.

« Bien sûr, » je murmure. Je repense au soir où je l'ai vu dans la rue alors que j'étais avec Devin. À présent, je ne suis plus seulement sa stagiaire, je suis aussi son assistante. « Je ne parlerai jamais à personne de ce qui se passe ici. » Le document stipule clairement que dans le cas contraire, si je déroge à la clause, il y aura des conséquences légales très sérieuses, et cela finit de me convaincre que je ne m'y risquerai jamais.

Je me penche sur le contrat, et je suis surprise d'apprendre qu'il compte me payer vingt-cinq dollars de l'heure, ce qui est une paie élevée pour une employée à mi-temps sans expérience. Je signe la dernière page, et il me demande de venir près de lui derrière le bureau pour me montrer un peu en quoi va consister mon nouveau poste.

Il me présente les programmes informatiques sur lesquels je vais travailler, et je note les mots de passe sur le téléphone chargé qu'il me tend. Je serai en charge de programmer ses rendez-vous et de répondre à ses e-mails, et j'ai donc accès à sa messagerie, ce qui m'effraie un peu. Mais je pense que Damon est un homme intelligent, et que je n'aurai accès qu'aux informations qui concernent l'entreprise.

Il est proche de moi alors qu'il m'explique différents détails concernant les programmes, et je sens l'odeur épicée de son eau de Cologne. Je lutte contre les frissons que je ressens à chacun de ses mots, ou lorsque son bras me frôle. Damon est un homme magnétique, et j'ai des pensées cochonnes que je n'arrive pas à contrôler. Je note tout ce qu'il me dit et je relis chaque phrase. Je préfère éviter de me ridiculiser pendant mon premier jour. Il semble avoir confiance en mes capacités, alors je pense que je devrais aussi être confiante.

Damon me montre le fonctionnement de l'iPad et du téléphone, et je suis choquée lorsqu'il me dit que je pourrai aussi m'en servir pour mon usage personnel, tant que ce n'est pas illégal ni un danger pour l'entreprise. Il me fait comprendre qu'il pourra les consulter à tout moment, mais je ne suis pas certaine de ce qu'il sous-entend. De toute façon, je ne suis pas assez douée pour être une pirate informatique, et je ne vais pas beaucoup sur Internet.

Je repense aux histoires érotiques que j'ai commencé à lire le soir, quand j'ai un peu de temps tranquille. Mais je peux les lire sur mon téléphone. Est-ce de cela qu'il parle ? Après tout, Cinquante Nuances de Grey est tout à fait légal, mais est-ce que les lectures en ligne sont répréhensibles ? Je me dis qu'au fond, ça n'a pas d'importance. J'ai mon téléphone pour ça, et ce nouvel appareil dernier cri ne me servira que pour le travail.

Damon me donne une feuille avec une liste de réunions et de rendez-vous à organiser. « Tenez, et si vous commenciez par ceux-là ? Si on vous cause des difficultés, rappelez-leur le nom de l'entreprise que vous représentez. Et si ça ne suffit pas, donnez-leur mon nom. On ne devrait pas vous causer d'ennuis avec ça.

Bien, monsieur... Damon. Je le ferai. » Je le regarde. « Est-ce que voulez que je le fasse ici, pendant que vous travaillez ? Ça ne va pas vous déranger ?

Non, vous pouvez rester ici. Il y a une table là-bas, si vous voulez. »

Oh, que oui. Elle est à quelques mètres de Damon, et après tant de temps passé si proche de lui, la distance me fera du bien. Je ressens l'attirance que j'ai pour lui traverser tout mon corps. Je lui demande s'il veut un café. Je me sens épuisée, et cela me fera du bien. « Je vais vous accompagner. Les tasses peuvent être très chaudes, » me dit-il en se levant. Voir son corps en entier est une délicieuse torture.

Nous marchons vers la salle de repos en silence, et je remarque les regards que nous lancent les quelques employés que nous croisons. Quel genre de rumeurs vont se mettre à courir sur mon compte à présent ? Je veux obtenir une position ici grâce à mon travail, pas à cause du fait que je travaille avec le patron. Je n'ai pas envie de passer pour la salope de l'entreprise, et cette pensée me taraude alors que je me sers une tasse de café et que j'ajoute de la crème et du sucre. « Qu'est-ce qui te perturbe ? » me demande Damon lorsque nous rentrons dans son bureau. Il referme la porte derrière lui.

« Je n'ai pas envie qu'on parle dans mon dos. Je n'ai pas envie que quiconque puisse penser que j'ai un traitement de faveur avec vous. » Je lui expose mes craintes, et il m'écoute attentivement, puis il hoche lentement la tête.

« Je fais tout ce que je peux pour éviter ce genre de choses dans mon entreprise, Elisa. Je le répéterai à mes managers et je m'assurerai qu'ils passent le mot à leurs équipes. Mais il y aura toujours quelques ragots dans une entreprise de cette taille. Essaie de faire en sorte que ça ne te perturbe pas trop. Après tout, tu te connais, bien mieux que n'importe qui d'autre, peu importe ce qu'ils peuvent dire, » me suggère Damon. Je le dévisage. J'ai toujours été discrète, je ne me fais jamais remarquer à l'école, alors tout ça est un peu nouveau pour moi. « J'ai entendu toutes sortes de choses à mon sujet, et je suis même sûr que tu as dû entendre certaines rumeurs. Mais je t'assure qu'aucune n'est vraie. »

Le soir venu, je quitte le bureau en n'étant sûre de rien, mais avec la volonté de faire marcher ce nouvel arrangement. Devin m'envoie un message pour me proposer de boire un verre ensemble, mais je refuse en prétextant que je dois réviser ce soir.

15

DAMON

Je sais qu'Elisa peut gérer ce poste, même si elle a semblé nerveuse par moments aujourd'hui. C'est une fille anxieuse, et apparemment, elle s'inquiète de ce que les gens pensent d'elle. Elle me l'a confirmé lorsque nous sommes allés chercher du café. Ça me met en colère qu'une fille aussi intelligente se laisse atteindre par ce genre de choses. Je pensais ce que je lui ai dit ; je vais parler à mes managers pour m'assurer qu'on ne raconte pas de ragots sur elle. Je veux qu'elle soit à l'aise. Et, étrangement, j'ai aussi envie qu'elle soit heureuse. En général, je ne m'inquiète pas de ce genre de choses.

J'y réfléchis en repensant à la journée que nous venons de passer ensemble. Elle est magnifique, avec ses grands yeux effrayés. Parfois, elle perd ses moyens et bégaie, ce que je trouve adorable. Je me demande à quel point Elisa est réellement innocente. Mark s'arrête devant un snack pour aller chercher le repas que j'ai commandé. J'ai envie d'être seul ce soir, et j'ai donné congé à mon cuisinier pour être tranquille.

Rentré chez moi, je m'installe pour manger à la table. Je me rappelle l'odeur du parfum qu'Elisa portait aujourd'hui. Elle préfère les odeurs douces, de fruits ou de fleurs, et ça me donne envie de manger sa peau, avant de descendre entre ses cuisses pour goûter son nectar. J'ai l'habitude de fréquenter des femmes qui portent des fragrances fortes et musquées, des grandes marques très chères qui semblent impressionner les hommes, même si personnellement, ces odeurs me retournent l'estomac. Je trouve l'odeur d'Elisa très agréable, beaucoup plus naturelle.

Ses cheveux ont l'odeur de la noix de coco et de la vanille. J'ai eu envie de toucher ses boucles toute la journée. J'aimerais les tirer en jouant avec elle, et la faire jouir violemment, pour révéler cette facette d'elle. À quoi ressemble-t-elle lorsqu'elle se laisse emporter par un orgasme ? Alors que je prends une douche, la question m'obsède. Une fois dans ma chambre, je regarde les réservations dont Elisa s'est occupée aujourd'hui à ma demande. Elle s'est bien débrouillée, et elle mérite une récompense, en plus de la paie qu'elle recevra pour son travail.

Je sélectionne son numéro dans mon téléphone et je regarde l'heure avant de lui envoyer un message.

'J'aimerais que tu réserves ta soirée vendredi soir, à dix-huit-heures. Fêtons ton nouveau poste.'

Je lui écris sur son téléphone professionnel, en me disant que ça ne me ressemble pas du tout. J'ai fait une réservation dans l'un des meilleurs restaurants de fruits de mer de la ville, en pensant à l'inviter. D'un côté, j'ai l'impression d'être très entreprenant, mais pourtant d'un point de vue physique, mes relations évoluent bien plus rapidement d'ordinaire. Mais tout est vraiment différent avec elle.

Je reçois une réponse. 'Damon ?'

'Oui, c'est Damon. Dîneras-tu avec moi vendredi ?'

Mon téléphone vibre. 'J'ai déjà quelque chose de prévu. Et je croyais que vous vouliez éviter de créer des rumeurs à notre sujet.'

Je me demande si elle a rendez-vous avec ce stagiaire qui me tape tant sur les nerfs, et je prends le temps de réfléchir à ma réponse pour ne pas lui envoyer un commentaire jaloux. Je dois être prudent, maintenant qu'elle travaille pour moi.

'Annule tes projets, si c'est possible. Je n'ai pas beaucoup de temps libre, et j'ai une réservation dans l'un des meilleurs restaurants de fruits de mer de la ville. Il vient d'ouvrir. Ne t'inquiète pas pour les rumeurs. Les employés quittent l'entreprise tôt le vendredi.'

Mon téléphone vibre bientôt : 'Je verrai ce que je peux faire. Merci pour l'invitation.'

Je repose mon téléphone, et je réfléchis à sa réponse en regardant la lune par la fenêtre. Je sais qu'elle ressent quelque chose pour moi. Et je pressens aussi qu'elle a un sens des responsabilités très aigu, qui la poussera à être prudente, mais j'ignore quels choix en découleront. J'ai besoin de la voir en dehors du travail, devant un verre de vin. J'ai besoin de comprendre cette fille, ne serait-ce que pour arriver à calmer mon obsession.

Je me lève tôt et je pars courir dans les rues glacées, appréciant le froid, qui me permet de croiser moins de monde. Je cours par tous les temps sauf en cas de tempête. Je décide de ne pas aller à la gym aujourd'hui, et je choisis un itinéraire plus long que d'habitude pour compenser le manque d'exercice.

Je rentre prendre une douche, et je ressens le besoin de me branler, mon esprit empli d'images d'Elisa. Je l'imagine à genoux devant moi, en train de me regarder alors que je dénude son cul et lui mets une petite fessée. Ça ne me suffit pas, mais je décide de m'en tenir là et de me préparer pour la journée de travail.

Je mets un costume noir et une chemise bleu clair, avec une cravate d'un bleu plus foncé. Une fois prêt, je descends retrouver Mark au coin de la rue, qui m'attends avec un café comme chaque matin. Je consulte mes messages avant mes e-mails. Je n'ai pas encore reçu de réponse d'Elisa, mais il était déjà tard hier lorsque je l'ai invitée. Nous avons convenu que je peux lui envoyer des messages si j'ai besoin d'elle, tout en gardant en tête qu'elle a d'autres obligations, entre ses études et son stage. Pour le moment, elle travaillera pour moi les lundis, mercredis et vendredis après-midis. Je ne veux pas mettre en péril mon entreprise ni son stage, même si je serais ravi de l'avoir à mes côtés toute la journée, tous les jours. Il faut que je reste réaliste pour que cet arrangement puisse marcher entre nous.

En arrivant au bureau, je me rends à mon étage, en jetant des regards froids à tous ceux qui me regardent avec autre chose qu'un respect intimidé. Je les salue, mais avec un ton qui laisse entendre que je ne tolérerai pas de familiarités. Je referme la porte de mon bureau, et je m'installe pour préparer les réunions de la journée. Je réunis des informations pour impressionner mes clients potentiels, afin de faire rentrer plus d'argent dans l'entreprise. Je sais que je n'ai pas besoin de gagner plus, personnellement, mais je souhaite développer ma boîte. C'est quelque chose qui me tient à cœur.

J'ai enlevé le mode vibreur de mon téléphone pour être sûr d'entendre mes messages pendant que je travaille sur l'ordinateur. Je ne peux pas m'empêcher de me demander quelle décision prendra Elisa pour vendredi. Nous sommes mardi, et je ne la verrai peut-être pas aujourd'hui. Je me lève pour aller chercher un café. Je n'aime pas observer ma dépendance progressive pour cette boisson que j'ai détestée si longtemps. Mais ça me donne une opportunité de faire une pause et de détendre mes muscles raides après être resté assis trop longtemps. Et c'est aussi une occasion de faire le tour de mon étage pour me tenir au courant des affaires.

Tout semble calme aujourd'hui, et presque personne ne me

regarde lorsque je les croise, pas même la nouvelle réceptionniste qui flirtait ouvertement avec moi jusque-là. C'est une femme attirante, mais elle n'est pas ce que je recherche, ni ce dont j'ai besoin. Je suis heureux de voir que mon comportement froid a fini par la calmer.

Je retourne dans mon bureau et je consulte les chiffres de l'entreprise. Je suis satisfait de nos résultats. Nous dégageons un joli profit, et je lis plusieurs articles élogieux sur nous dans des magasines financiers. Kenneth sera fier de moi, et cette idée me fait sourire.

Il est comme un père pour moi, alors que j'ai perdu le mien si jeune. Je ne me suis pas accroché au passé ni au souvenir de mon père, et je n'en ai pas voulu à ma mère lorsqu'elle s'était remariée. J'adorais mon père, mais je voulais surtout que ma mère soit heureuse. Elle avait à peine une trentaine d'années lorsqu'elle est devenue veuve, et elle était encore très belle. Elle méritait une chance de connaître à nouveau l'amour dans sa vie, et je l'ai toujours encouragée dans ce sens.

Aujourd'hui, elle voyage à travers le monde dans des endroits magnifiques avec mon beau-père, pendant que je gère l'une des meilleures entreprises du pays, qui est en plein développement. Je sais que j'aurai assez d'argent pour vivre confortablement toute ma vie, en faisant tout ce que je veux.

Mon téléphone sonne, ce qui me sors de ma rêverie immédiatement. Je le débloque et je regarde l'écran. C'est un message d'Elisa.

'Mes plans ont été annulés pour vendredi finalement. Est-ce que votre invitation tient toujours ?'

Je lui réponds : 'Absolument, Elisa.'

'Comment dois-je m'habiller ?'

'Tout ce que je t'ai vu porter jusque-là serait parfaitement approprié. Je te fais confiance.'

Je repose le téléphone, ravi, et je pense à la soirée que nous allons passer ensemble. J'ai déjà emmené des femmes dîner dans des grands restaurants, lorsque j'estimais qu'elles valaient la peine de faire un effort. Ça ne m'arrive pas souvent, mais j'en ai les moyens et tout est en place pour vendredi soir.

Je ne suis pas certain de savoir ce que je suis en train de faire, mais j'ai vraiment envie de mieux connaître cette femme. Je passe encore quelques coups de fils avant de partir déjeuner, content de ma matinée. Je remarque le stagiaire Devin en train de sortir du bâtiment avec un groupe. Il rit avec les autres, il a l'air sûr de lui, mais il me dérange moins aujourd'hui, comme je sais que je suis en train de me mettre en travers de ses plans avec Elisa. Il ne pourra jamais obtenir ce qu'il veut d'elle, même si ce petit con étudie à Harvard.

Je me demande s'il l'a séduite l'autre soir. S'il a touché ce corps que je considère comme mien. Je lui jette un regard noir, et je cesse de marcher jusqu'à ce qu'il se tourne dans ma direction. Je le hais, me dis-je en sortant de l'immeuble, et j'ai vraiment besoin de ne pas trop penser à lui pour m'occuper de l'entreprise.

Je n'ai pas besoin de m'inquiéter de le savoir avec elle. J'ai décidé qu'Elisa allait être à moi à présent.

Je déjeune dans un restaurant italien luxueux en pensant à Elisa et à notre rendez-vous de vendredi soir. Je sais que sortir avec une stagiaire, ou même pire, avec une employée, va à l'encontre de toutes les règles que j'ai mises en place au sein de l'entreprise. C'est une erreur, mais je pense qu'elle en vaut vraiment la peine, et la tentation est trop forte. Et puis, je suis le patron ; je peux bien faire ce que je veux.

Elisa est en train d'arriver pour l'après-midi lorsque je retourne au bureau, vêtue d'une jolie jupe portefeuille verte qui met ses yeux en valeur, et de la même paire de chaussures à talons qu'elle semble toujours porter. Elles sont sexy, mais usées. Je ralentis en souriant et je la regarde monter dans l'ascenseur. Je sors mon téléphone et je lui envoie un message en attendant qu'un ascenseur arrive.

Elle répond bientôt. 'Vous voulez connaître ma pointure ? Pourquoi ?'

'Peu importe. Réponds-moi.'

'Je fais du 38, mais j'aimerais bien savoir pourquoi cette question, Damon.'

Je souris, et je monte dans la cabine avec d'autres employés. Je les salue en souriant, et ils échangent des regards perplexes. Ils doivent penser que je suis bipolaire, mais ce n'est pas le cas. Et je me préoccupe bien peu de ce qu'ils peuvent penser. J'ai l'habitude de faire les boutiques de chaussures pour ma mère, qui les adore, et j'aime lui faire plaisir en lui en offrant régulièrement.

Dans mon bureau, je vais sur le site Internet de sa boutique favorite et je passe les différents modèles en revue. Je repère plusieurs paires de chaussures qui me plaisent, et j'en sélectionne deux. Je sais où elle habite, et ce quartier m'horrifie. À mon sens, ce n'est pas un endroit où vivre, ni où envoyer des objets de valeur. Je pense à plusieurs propriétés qui appartiennent à Kenneth, qu'il loue actuellement, mais je sais qu'il pourrait se permettre de demander un loyer plus modeste pour les plus petites d'entre elles. En fait, il a même les moyens de laisser Elisa vivre gratuitement dans l'un des appartements. Ils sont meublés, et je pourrais lui dire qu'il s'agit d'un avantage pour les employés. Ce qui est vrai, pour ceux qui ont dû changer de région pour venir travailler pour nous. Normalement, c'est un arrangement temporaire. Mais je serais rassuré de savoir qu'elle vit dans un endroit en sécurité, plus proche du travail.

Plus proche de moi.

J'y réfléchis alors que je note le numéro de téléphone d'Elisa dans le bon de commande, pour que le magasin puisse lui demander de passer à la boutique. Je pense qu'elle sera très surprise. J'aimerais pouvoir assister à ce moment.

Je me sens déjà mieux, et je commence à repérer des appartements pour elle.

16

ELISA

Le lendemain, je quitte les cours pour aller au travail, vêtue d'une jupe droite couleur pêche et d'une chemise noire avec un joli col en dentelle. Petit à petit, je trouve des vêtements très corrects et professionnels dans la boutique d'occasion près de chez moi, et j'en suis très contente. Ils ne sont pas chers et en très bon état. Je me demande s'ils plaisent à Damon. Merde. Damon est mon patron, à présent, et malgré son attitude et mon attirance, je sais que je ne dois pas entrer dans son jeu. J'ai été vraiment idiote d'accepter son invitation à dîner vendredi.

Mon téléphone sonne, et je me dépêche de répondre lorsque je me rends compte que c'est le téléphone professionnel. Je ne reconnais pas le numéro. Je m'arrête de marcher sur le trottoir pour répondre. Une femme à la voix amicale m'informe qu'elle a une commande à mon nom dans l'une des boutiques les plus chics de Boston. Je fronce les sourcils, surprise. « Je n'ai fait aucun achat dans cette boutique, ça doit être une erreur, » je lui assure, en me demandant ce qui se passe. Personne ne connaît ce numéro, en dehors de Damon.

« C'est bien pour vous, mademoiselle Moore, je vous assure.

Vous verrez, elles sont tout simplement magnifiques ! Demandez à voir Andrea au rayon des chaussures. Passez une excellente journée ! »

Je fixe le téléphone en secouant la tête. Des chaussures ! Je me souviens que Damon m'a demandé ma pointure. Je plisse les yeux. Mais qu'est-ce qu'il cherche donc à faire ? Je sais qu'il est riche, et qu'il peut probablement avoir n'importe quelle fille. Je me dirige vers l'arrêt de bus en sentant une grande colère m'envahir.

Il s'agit de ma vie, de mon avenir. Je peux me débrouiller toute seule, je n'ai pas besoin de son aide, et j'en ai assez de me demander à quoi il joue avec moi.

Je suis encore furieuse lorsque j'arrive devant l'immeuble. Je monte dans l'ascenseur et j'appuie sur le bouton du dixième étage. Damon ne m'attend dans son bureau que dans quelques heures, et je sais que l'équipe a besoin de moi, mais il faut vraiment que je le remette à sa place. Je me dirige d'un pas assuré vers son bureau, et je remarque que la réceptionniste me dévisage lorsque je passe devant elle, mais je l'ignore.

J'ai bien remarqué que ma paire de chaussures est très usée, mais quand bien même. Je peux en trouver de très correctes d'occasion, et ça ne le regarde pas.

Je m'apprête à rentrer dans son bureau lorsque sa porte s'ouvre, et je lui rentre brutalement dedans en poussant un cri de douleur. « Elisa, est-ce que tout va bien ? » me demande-t-il en me remettant droite. Il m'observe, et il remarque mon regard excédé.

« Pourquoi ai-je reçu un appel de Macy's pour me demander de me rendre au département des chaussures ? » Ma voix tremble de colère, et il regarde autour de lui d'un air penaud avant de m'entraîner dans son bureau. « Qu'est-ce que ça signifie ? À quoi est-ce que vous jouez ? Vous êtes mon patron maintenant, de manière encore plus concrète, et je – » je ne peux pas finir ma phrase, car ses lèvres s'écrasent sur les miennes. Il me presse contre la porte et profite de ma stupeur pour glisser sa langue dans ma bouche.

Sans que je m'en rende compte, mes bras se referment autour de lui, et je le serre plus fort. Je l'embrasse passionnément à pleine bouche, et je le sens se coller encore plus contre moi. Je perds tous mes repères alors que nous nous embrassons, comme affamés. Je ne retrouve la raison que lorsqu'il me soulève dans ses bras et commence à me porter vers son bureau. « Damon, on ne peut pas faire ça, » je murmure en essayant de m'éloigner pour reprendre mon souffle. Il continue de me porter, et il me couche sur le canapé. « Tu es mon patron... Je suis ton employée. Je suis ta stagiaire. On ne peut pas faire ça.

Je n'en ai rien à foutre, de qui on est l'un pour l'autre, Elisa. Je n'ai jamais eu autant envie d'une femme de toute ma vie, » dit Damon en pressant son corps contre moi. « Je veux t'acheter des chaussures quand les tiennes sont usées. Je veux t'inviter à dîner et apprendre à te connaître. Mais surtout, tout de suite, je veux toucher ton corps. »

Il mate mon corps moulé dans mon costume, et se penche pour m'embrasser à nouveau. Je n'arrive pas à le repousser, et il se colle contre moi, en caressant mon ventre. Il s'arrête juste en dessous de mon soutien-gorge. Je lui rends son baiser torride, nos langues s'entremêlent alors qu'il passe ses pouces sur mes tétons qui réagissent immédiatement.

Je frémis lorsqu'il relève ma chemise et glisse ses mains sur ma peau nue. « Je suis censée travailler avec l'équipe, » je murmure lorsqu'il décolle sa bouche de la mienne, le temps d'ouvrir l'attache de mon soutien-gorge. « Damon, ça va trop vite. »

Son regard se fait dur. Il prend mes seins en coupe et je gémis. « Ah oui ? Est-ce que tu as baisé avec le stagiaire l'autre soir, quand je t'ai vue entrer chez lui ?

Oh, mon dieu... Damon. Non. » Je repousse ses mains en essayant d'organiser mes pensées. Il se penche et embrasse mon cou.

« Non, je n'ai pas couché avec lui. Il m'a embrassée, et il avait envie d'aller plus loin, mais je n'étais pas prête. Il n'est... Il n'est pas toi. »

Il s'éloigne un peu pour me regarder intensément. Je prends une inspiration. « J'ai accepté de le fréquenter, parce que ça me paraissait la bonne chose à faire. C'est un homme bien, il a tout pour plaire. Mais je n'arrive pas à penser à un autre que toi, depuis le premier jour que je t'ai vu.

Elisa, » murmure Damon en recommençant à m'embrasser le cou.

Il descend vers ma poitrine. Sa bouche est brûlante contre ma peau. Il trouve mon téton et commence à le suçoter doucement. Je gémis et passant ma main dans ses cheveux. Je ferme les yeux et me laisse aller au plaisir.

Nous avons fini par nous séparer sans aller plus loin, parce qu'il faut vraiment que j'aille retrouver les autres. Il s'est écoulé beaucoup trop de temps, ils vont vraiment se demander ce que je fais. Je me rhabille rapidement et je passe aux toilettes pour vérifier mon apparence. Je lisse mes vêtements, et j'attache mes cheveux en un chignon bas, puis je me remets un peu de gloss.

Damon m'a demandé de revenir après quinze heures, et lorsque j'ai accepté, il m'a embrassé sur la joue avec un regard plein d'envie.

J'ai l'impression de flotter sur un petit nuage lorsque je rentre dans la salle, et je salue mon équipe avec un grand sourire. Je me demande si je suis en train de perdre la raison. Je n'ai pas arrêté Damon ; je l'ai même encouragé. Je sais que même si nous ne sommes pas allés plus loin aujourd'hui, ça ne durera pas, parce qu'il me rend folle. Mon corps est en feu en sa présence. Pourtant, je sais que je mets tout mon avenir en péril en me laissant aller à être intime avec lui.

Mais j'ai envie de lui, et rien d'autre n'a d'importance.

Brent passe dans le bureau et explique aux autres que je serai l'assistante de Damon pendant quelques heures cet après-midi, mais que ça n'affectera pas mon travail avec eux. Je hoche la tête, et je me force à sourire de manière naturelle alors qu'ils me regardent tous avec curiosité. Lorsque Brent s'en va, Autumn se racle la gorge en me regardant. « Je ferais attention, si j'étais toi. Il est... particulier, mais très séduisant.

Oh, c'est juste une extension de mon stage. Ne t'inquiète pas pour moi. Et puis, je vois quelqu'un à l'école. » J'invente un mensonge pour les rassurer, et je leur souris.

Au fond de moi, je pense qu'elle fait allusion aux rumeurs dont Damon m'a parlé, et je suis indignée qu'elle puisse y croire. Je pensais qu'elle était au-delà de ça, concentrée uniquement sur son travail.

« Ce n'est pas une mauvaise opportunité, au contraire, » intervient Vince, et je le regarde d'un air reconnaissant. « Peut-être qu'il n'est pas aussi mauvais que les gens le disent. »

Le silence se prolonge avant que chacun se remette au travail autour de la table. Une fois qu'on se remet dans l'ambiance studieuse, nous retrouvons vite notre rythme, et je suis soulagée lorsque je sens la passion qui nous anime pour le projet revenir et nous stimuler.

Nous travaillons jusqu'à l'heure du repas, et je regarde la plupart des membres de l'équipe sortir s'acheter quelque chose à manger. Comme souvent, Vince reste là, et lorsque nous ne sommes plus que tous les deux, il me sourit. « Ne t'inquiète pas de leur avis. Le patron a une réputation, mais c'est une excellente opportunité pour toi. Je le pense vraiment.

Merci. Je pense aussi que c'est une bonne chose d'en apprendre un peu plus sur le côté managérial de l'entreprise, » j'admets en me levant. « Tu viens manger un sandwich avec moi ? »

Nous allons dans un snack au coin de la rue et nous passons commande avant de nous asseoir à une table vide. « Alors, tu as un petit copain ? » me demande Vince. J'acquiesce en souriant. J'ai inventé un mensonge, et je dois à présent m'y tenir. « C'est sérieux entre vous ?

C'est tout récent, et on ne se prend pas la tête. Je me concentre sur mes études et je passe aussi beaucoup de temps ici. Donc je n'ai pas vraiment de temps pour une relation sérieuse. »

Vince semble s'assombrir un instant, et je me rends compte que je lui plais. Je ne l'avais pas remarqué avant, mais ça fait sens, maintenant que j'y pense. Je repense à toutes les fois où il m'a ramenée chez moi.

« Mais, tu ne sortais pas avec quelqu'un ici, au bureau ? » insiste Vince. Je me passe la langue sur les lèvres.

Si, mais ça n'a pas duré. J'ai préféré rompre avec lui. Pour être sincère, je pense que sortir avec un collègue est une très mauvaise idée, la plupart du temps. »

J'essaie de le décourager gentiment. Vince est vraiment un type sympa. Personne n'a aucune chance avec moi puisque je fréquente Damon à présent. J'arrive à me l'admettre, maintenant qu'il s'est passé quelque chose entre nous. Je sais que c'est risqué, et que je risque des conséquences désastreuses, mais ça ne change rien. Je veux être avec lui.

« Tu as raison, je le sais bien. Mais j'ai été sous le charme dès que je t'ai vue. Alors je me suis dit que peut-être ? » Vince me sourit, et je vois qu'il n'est pas triste. Nous finissons de déjeuner et nous retournons au bureau. L'ambiance est légère, et nous plaisantons en retrouvant l'équipe. Le malaise est passé, et nous nous remettons à travailler dans la bonne humeur jusqu'à la pause.

Je vais me faire un café et je jette un coup d'œil à l'heure. Il est temps que j'aille retrouver Damon dans son bureau. Je sens mon cœur battre à tout rompre, et je me mords la lèvre. Mais Brent est au courant. Tout va bien se passer. « On se voit plus tard, alors. Je vais aller aider à l'étage, » je dis à l'équipe en souriant, et ils me saluent joyeusement. Je prends mes affaires et je vais attendre l'ascenseur pour aller au dixième étage.

Je me dirige vers le bureau de Damon, ma colère de tout à l'heure envolée. Je frappe doucement à la porte et je l'entends me dire d'entrer. Lorsque j'ouvre la porte, je vois une femme penchée près de lui qui lui montre quelque chose sur l'ordinateur. Elle est plus âgée que moi, et elle est magnifique. Je m'appuie contre la porte, un peu choquée par la scène. « Merci de m'avoir donné ton opinion, Caroline, » lui dit Damon. Elle glousse et se redresse, révélant sa minijupe et sa chemise dont les premiers boutons sont ouverts.

« Avec plaisir. N'hésitez pas, » lui répond-elle en le regardant avec insistance. Elle me jette un coup d'œil en me dépassant pour sortir du bureau. Je sens la jalousie monter en moi, et je me demande ce que je fais là. La porte se referme derrière moi.

« Viens plus près de moi, Elisa, » me dit-il. Sa voix me sort de mes pensées, et je le dévisage en soupirant. Je repense aux regards de mon équipe lorsqu'ils ont appris que j'allais travailler avec lui. J'entends la phrase d'Autumn dans ma tête. « Elisa. » La voix de Damon se fait insistante. Je lève les yeux vers lui, et il se lève et s'approche de moi. Damon est horriblement sexy, puissant, et bien trop beau pour moi. Je rumine ces pensées alors qu'il prend mon visage entre ses mains. « Que se passe-t-il ?

Est-ce que tu as couché avec elle ? » je lui demande dans un murmure.

Il recouvre mes lèvres des siennes, et dans mon dos, il tourne le verrou de la porte pour nous enfermer. Avec son baiser, j'oublie tout. Il m'embrasse doucement d'abord, puis se fait plus pressant. Il me colle contre le mur en se serrant conte moi. Incapable de résister, je passe bientôt ma main dans ses cheveux et je l'attire plus près, lui rendant son baiser avec passion. Je perds la notion du temps et d'où nous nous trouvons.

Je me retrouve bientôt sur le canapé, et il relève ma jupe lentement alors que je frissonne en-dessous de lui. Il me caresse sensuellement, et soudain je sens sa bouche contre mon clitoris qui pulse, et sa langue commence à décrire des cercles sur mon bouton, une torture délicieuse.

Je jouis en cambrant les hanches et en criant son prénom, et je le presse plus fort contre moi en lui agrippant les cheveux, alors qu'il boit mon jus. « Oh, Elisa, tu es aussi douce et aussi délicieuse que je le pensais. Je meurs d'envie de sentir ma queue enveloppée autour de toi, alors que je te baise comme jamais tu ne l'as été. » Ses mots semblent pleins de danger, de mystère. Il écarte mes cuisses et me pénètre avec un doigt en me tenant fermement. Je me cambre un peu plus et je me mords les lèvres alors que des sensations inconnues et délicieuses me submergent, et je jouis, encore plus fort que la première fois.

Ensuite, nous restons allongés un moment sur le canapé. Je le regarde. « Est-ce que c'était une manière de ne pas répondre à ma question ? De me distraire ? » Damon lève les yeux au ciel et me regarde un peu durement.

« Tu es encore là-dessus, vraiment ? » Il se lève et va dans la pièce d'à côté. Malgré l'activité qui vient de nous occuper, il ne semble même pas dépeigné. Il revient avec deux bouteilles d'eau, m'en tend une, et va s'installer derrière son bureau. « Est-ce que tu veux une liste de mes conquêtes, Elisa ? Tu es sûre d'être prête à entendre ça ? »

Non, probablement pas, » je réponds en m'asseyant. Je remets mes vêtements en place, et prends une profonde inspiration. « Je sais déjà qu'elle sera bien différente de la mienne. »

Il me regarde intensément. J'ouvre la bouteille et boit

quelques gorgées. J'étais assoiffée, mais je ne m'en étais même pas rendu compte.

« Tu n'es pas vierge, si ? » me demande-t-il à voix basse. Je secoue lentement la tête.

« Non, mais je n'ai pas énormément d'expérience pour autant. Je n'ai couché qu'avec deux personnes, et les deux étaient mes copains à la fac, » j'admets timidement. Il lève les sourcils et je vois que ça le fait réfléchir.

« C'est tellement différent de ce à quoi je suis habitué, Elisa. Mais pourquoi ai-je tant envie de toi ? » Damon semble se poser la question à lui-même, pas à moi, et je reste silencieuse. Il fixe le mur derrière moi, perdu dans ses pensées. Puis il me regarde, un peu médusé. « Je pense que tu en vaux la peine.

De quoi as-tu besoin ? » je lui demande, en essayant de retrouver une contenance après ce qui vient de se passer entre nous. « Je veux dire, que puis-je faire pour toi aujourd'hui ?

Est-ce que tu avais déjà joui comme ça avant moi ? Ça avait l'air intense pour toi, » remarque Damon, ignorant ma question. Je regarde le sol et j'esquisse un sourire timide.

« Non. Je ne savais pas que ça pouvait être aussi bon, sincèrement. Je pense que je trouvais ça... assez dégueulasse avant, pour être honnête. » Il hoche la tête. « Je suppose que tu attends que je te fasse la même chose. » Il acquiesce, et son regard devient brûlant. Je me passe la langue sur les lèvres. « Tu n'attends pas quelque chose de moi, à présent ? Je veux dire, il n'y a que moi qui ai joui. »

Damon a un petit rire, et il se tourne vers la fenêtre. Il fixe longtemps la vue à l'extérieur. « Si tu savais... Ça n'était rien du tout. Oublie les gamins que tu as connus à la fac, qui voulaient juste se soulager, Elisa. Notre histoire va être différente. Tellement différente de ce que tu as connu jusqu'alors. »

17

DAMON

Je demande à Elisa de se pencher sur les nombreux e-mails que je reçois tous les jours, auxquels je dois répondre, dans l'idéal, sous vingt-quatre heures. Je lui donne une liste avec les noms des clients les plus importants, et je lui laisse une liberté totale pour organiser mes rendez-vous, en se servant de l'application du calendrier sur mon ordinateur. Il s'agit d'un travail fastidieux, mais il deviendra plus facile pour elle lorsqu'elle en aura pris l'habitude. Je lui fais bien comprendre qu'elle n'a pas à répondre aux questions concernant l'entreprise, ou nos objectifs pour le moment. Elle peut envoyer les e-mails de ce genre sur mon adresse personnelle, et je m'assure qu'elle l'ait enregistrée dans les contacts de son téléphone. Elle regarde l'adresse e-mail que je lui ai créée pour son poste d'assistante, et elle sourit.

delicieuselisa22@gmail.net.

« C'est toi qui a choisi cette adresse ? » me demande-t-elle. Je lui donne son mot de passe, qui suggère des choses que j'ai envie de lui faire.

« Oui. C'est ce que tu m'inspires, » je lui réponds, et je la vois rougir. Elle est vraiment délicieuse. Tout à l'heure, j'ai eu envie de faire durer les choses, de lui demander de se retenir de jouir alors que je taquinais sa petite chatte brûlante, pour lui apprendre à se contrôler. J'ai envie de pouvoir la faire jouir avec un murmure de ma part, mais c'était important qu'elle atteigne l'orgasme de ma bouche la première fois. À partir de maintenant, je ferai montre de davantage de discipline. Je veux la modeler, pour qu'elle devienne ce que j'ai besoin qu'elle soit. Je réfléchis à l'éventualité de faire de notre relation quelque chose d'exclusif. Arriverai-je à me passer de la spontanéité du club, où je peux avoir qui je veux, d'un claquement de doigts ? Je regarde Elisa qui travaille sur mon calendrier, et elle relève la tête et me sourit, en me demandant si elle peut m'organiser un déjeuner d'affaires pour le lendemain.

Oui, je peux au moins essayer, pour cette fille magnifique et timide. Je pourrai la modeler selon mon désir, et l'intégrer à ma vie de tous les jours. Je peux lui apprendre à me satisfaire.

« Vas-y, » je lui réponds, et elle inscrit le rendez-vous sur mon planning, en ajoutant l'heure et le nom du restaurant avant de communiquer les informations au client potentiel, avec des tournures avenantes et professionnelles. Elle a déjà compris à quel point il est facile d'obtenir une réservation en donnant mon nom. Elle cherche le numéro de téléphone du restaurant sur Internet, elle réserve une table et remercie poliment son interlocuteur avant de raccrocher, les yeux rivés sur l'écran.

« Comment ça se fait que tu puisses entrer partout si facilement ? Si j'ai bien compris, ce sont des restaurants très chics. Tout le monde dit qu'il y a une longue liste d'attente. » Elisa me regarde dans les yeux, et je sens ma queue se raidir. Je prends le temps de me calmer avant de lui répondre.

« Je suis à la tête de la plus grande firme d'architecture du pays, Elisa. Elle avait déjà une excellente réputation avant que je ne sois à la direction, et les gens cherchent simplement à faire bonne impression. Ils sont prêts à tout pour me plaire, » je lui explique. Elle fronce les sourcils. « Est-ce que tu as envie d'aller dans un endroit en particulier ?

Je ne fais pas partie de ce monde. La plupart du temps, je commande des plats à emporter dans le snack au coin de la rue, » me répond Elisa en pâlissant. Elle baisse les yeux. « Je ne veux pas dépenser tout mon argent en un seul repas. Il faut que j'économise. »

Je me doutais déjà qu'elle avait des problèmes d'argent, et j'en ai la confirmation en voyant l'expression sur son visage. J'ai envie de lui donner immédiatement une augmentation, et d'accélérer le processus pour lui fournir un appartement de fonction le plus vite possible. J'ai pris soin des rares petites amies que j'ai eues par le passé, et je me suis toujours assuré qu'elles ne manquent de rien, mais je n'avais jamais ressenti un besoin aussi fort de prendre soin de quelqu'un auparavant. « Ce n'est pas de ton argent que je parle de dépenser, Elisa, c'est du mien. Et j'en ai énormément.

Ah oui ? » me demande-t-elle.

J'acquiesce en me penchant pour effleurer ses lèvres. Je la sens fondre contre moi, et je caresse ses lèvres pleines avec ma langue. Elle gémit contre ma bouche. Elle est tellement douce et pure, ça me rend fou. Je glisse ma langue dans sa bouche et je commence à l'embrasser passionnément, ce qui me rappelle mes années adolescentes, lorsque j'avais encore un couvre-feu, bien que je ne m'en sois jamais vraiment soucié. Ma mère était constamment derrière moi, mais elle s'est détendue une fois remariée.

Je m'éloigne un peu et lui permets de reprendre sa respiration. Ses joues sont rouges, et elle halète. Elisa semble un peu troublée, et elle sursaute lorsque le téléphone sur mon bureau sonne. « Est-ce que tu veux que je réponde ? » demande-t-elle d'une voix hésitante. Je secoue la tête et me penche pour prendre le combiné.

Je réponds rapidement à la question de l'une des réceptionnistes, et je raccroche puis repose le téléphone sur le bureau. « Tu n'as pas besoin de répondre au téléphone, sauf si je ne suis pas dans la pièce, Elisa. J'ai surtout besoin de ton aide pour organiser mes rendez-vous et mon emploi du temps.

Est-ce que tu as déjà eu une relation avec une stagiaire, avant moi ? » me demande-t-elle en m'observant. Je secoue lentement la tête.

« Non, jamais. Je ne sors pas avec les personnes qui travaillent pour moi. En tout cas, pas depuis des années. Quant aux stagiaires, c'est un programme qui a été lancé par mon beau-père, et j'ai décidé de le conserver parce qu'il est bénéfique à l'entreprise, ainsi qu'aux étudiants qui ont la chance d'être engagés. Nous sommes très sélectifs, et tu sais déjà que nous ne retenons que les meilleurs de tous. » Elle me sourit en rougissant, et j'ai besoin de prendre une longue inspiration pour contrôler mon envie d'elle qui envoie du sang dans mon bas-ventre. Je dois être fou pour l'avoir engagée comme assistante, étant donné l'effet qu'elle me fait constamment. « Ce programme donne de très bonnes opportunités à certains étudiants.

C'est la raison pour laquelle je suis si heureuse d'en faire partie. J'en ai vraiment besoin pour mon CV, » déclare Elisa avec une intensité qui me rend vraiment curieux.

« Vendredi soir, je veux que tu me parles de toi, de ta vie. Je veux vraiment en apprendre davantage. » Elle me regarde avec de grands yeux. « Mais pour le moment, je veux simplement goûter tes lèvres. » Je me penche et je me remets à l'embrasser lentement. Elle se rapproche de moi, et elle entr'ouvre les lèvres pour s'abandonner. Je prends mon temps, et je sens son cœur s'accélérer contre mon torse. Je sens bien l'effet que je lui fais, et je meurs d'envie d'arracher ses vêtements et de la prendre violemment sur place, sur mon bureau.

Sa main glisse entre mes jambes, et je sursaute lorsqu'elle

effleure mon érection. Elisa n'a aucune idée de ce à quoi elle s'expose. Elle commence à me caresser doucement du bout des doigts, et elle touche ma langue avec la sienne. Je sens mon membre grossir, bientôt à l'étroit dans mon pantalon. Je place ma main au-dessus de la sienne et j'appuie fort. « Est-ce que tu vois l'effet que tu me fais ? » je lui demande dans un grognement. Elle hoche doucement la tête. « Je veux sentir ta bouche sur ma queue, Elisa. Je te veux à genoux, pendant que je baise ta bouche.

Oh mon dieu, » murmure-t-elle. Ses yeux étincellent, et elle passe sa langue sur ses lèvres.

Je ne la quitte pas des yeux alors qu'elle s'agenouille devant moi. Elle lève des yeux plein d'amour vers moi, et rencontre mon regard. Cela va plus vite que je ne le pensais entre nous, mais elle semble en avoir envie, et bon sang, j'ai vraiment besoin de jouir. Je me lève, et je m'appuie contre mon bureau en ouvrant mon pantalon. Je le laisse glisser sur mes chevilles. Elle écarquille légèrement les yeux, apparemment impressionnée par la taille de mon érection, puis elle s'approche et embrasse doucement mon gland. J'inspire rapidement, alors que je durcis encore plus. Elle commence à décrire de petits cercles du bout de la langue. Je passe ma main dans ses cheveux en me forçant à avoir des gestes doux. Elle ouvre la bouche et prend ma queue à l'intérieur. Bon sang, elle me fait un effet dingue. Elle se met à me sucer doucement, et je ferme les yeux.

« Oui, Elisa, comme ça. » Je remue lentement mes hanches vers elle, et je sens que je touche le fond de sa gorge. « Détends-toi, et prends-la en entier, ma jolie. Voilà, comme ça. » Je l'imagine attachée à mon lit, en train de la baiser, nos lèvres soudées en un baiser brûlant. J'agrippe ses cheveux et je l'attire contre moi plus fort. Elle pousse un petit cri. « Plus fort, Elisa. Je veux que tu me sentes, entièrement. »

Elisa se met à bouger plus vite, et j'imprime un mouvement

de va-et-vient en maintenant sa bouche contre ma queue. Je me répète de ne pas jouir tout de suite, même si j'en meurs d'envie. Je sens mes couilles se serrer, et je crie son nom à chaque coup de rein. « Je viens, je viens, » je la préviens, et ma vue s'obscurcit lorsque j'éjacule au fond de sa gorge. Elisa agrippe mes hanches et essaie d'avaler tout mon foutre, pendant que je la maintiens fermement. Je n'ai jamais ressenti autant de plaisir. Je finis par la relâcher et je m'éloigne en la regardant, les yeux écarquillés.

Mais qu'est-ce qui vient de m'arriver ?

« Ce n'était pas bien ? » me demande-t-elle d'une voix inquiète. Je vois mon sperme couler au bord de sa bouche. Je vois bien qu'elle est ébranlée, et pourtant, elle semble surtout s'inquiéter de ne pas m'avoir satisfait. Je m'agenouille près d'elle, et je prends un mouchoir dans la boîte posée sur la table. J'essuie sa bouche, dont le maquillage a coulé aussi, et je remarque qu'elle semble au bord des larmes. Je me penche et j'embrasse son nez.

« Au contraire. Tu as été... parfaite, » je lui assure, et je la sens se détendre, soulagée. J'ai bien compris qu'elle manquait de confiance en elle. Elle a besoin d'être félicitée, malgré toutes les réussites dans sa vie. Je me demande qui lui a autant fait douter de ses capacités. Était-ce un petit ami, ou bien l'un de ses parents ? Quelles épreuves a-t-elle donc vécues ? Je caresse ses cheveux, emmêlés après notre session coquine. J'essaie de la recoiffer et de l'apaiser.

Je sens que je commence à beaucoup trop m'attacher, mais je sais aussi qu'il est déjà trop tard pour revenir en arrière. Je suis accro.

Quelques heures plus tard, nous quittons le bureau en partant chacun de notre côté. Nous nous sommes rincés, et on pourrait croire qu'il ne s'est rien passé entre nous. Même si je suis vigilant pour ne pas laisser de rumeurs circuler, je sais que mes employés les plus immatures ne pourront tout de même pas s'empêcher de cancaner, même s'ils ont été prévenus. Depuis l'ascenseur, je regarde Elisa rejoindre son équipe et discuter avec eux en souriant, comme si on ne venait pas de faire ces choses ensemble. Elle part avec Vince, et je ne peux m'empêcher de me demander s'il y a quelque chose entre eux, en sentant une émotion qui ne m'est pas familière se réveiller en moi.

De la jalousie.

18

ELISA

Je parviens à avoir l'air naturelle en sortant du bureau, le sac de chez Macy's à mon bras. Alors que je me remettais de mes émotions après cette pipe improvisée, assise sur le canapé, Damon m'a surprise en me présentant les paires de chaussures qu'il a achetées pour moi. Ce sont des paires à talons très sexy, et qui semblent hors de prix. Une paire d'escarpins noirs avec la fameuse semelle rouge, marque de fabrique de Louboutin, et une paire de Jessica Simpson de couleur grise. Elles sont magnifiques. Il m'a promis qu'il avait encore beaucoup de choses à m'offrir en m'embrassant tendrement avant de me congédier, avec du regret dans les yeux.

Nous n'avons pas couché ensemble, mais nous avons tout de même fait bien plus que ce à quoi je suis habituée. J'avais déjà fait des fellations avant, mais aucun homme n'avait éjaculé dans ma bouche avant lui. Les autres fois avaient été rapides, seulement des préliminaires, avant de faire maladroitement l'amour. Ce que j'ai pu ressentir dans ces moments-là n'a rien à voir avec les sensations dont j'ai fait l'expérience aujourd'hui, dans son bureau. En sortant de l'ascenseur, j'ai encore l'impression de sentir sa langue entre mes jambes. Je rejoins les membres de mon équipe qui sont encore là. « Comment ça s'est passé ? » me demande Vince en souriant. Il remarque le sac que je tiens à la main. « Tu es allée faire les boutiques ?

Oui, j'ai eu une pause, et il y avait des soldes, » je mens en souriant.

Il y a une salle de bain dans le bureau de Damon, et j'ai pu me repeigner et me remaquiller. Je sais que mon apparence ne laisse rien paraître de nos activités. Si je ne me trahis pas toute seule, il n'y a aucun risque pour que quelqu'un se rende compte de quoi que ce soit. « Ça s'est bien passé aujourd'hui. Je pense que je vais beaucoup apprendre grâce à ce job. Et qui sait ? Peut-être que je serai moi-même PDG, un jour. » J'éclate d'un rire un peu forcé, et il rit avec moi, avant de me proposer de me ramener.

J'accepte en me disant qu'il faut que je trouve un moyen pour le remercier de ce qu'il fait pour moi. Je sais que Vince n'habite pas loin de chez moi, mais tout de même... Il prend le temps de faire de la route supplémentaire pour moi tous les jours. Alors que nous nous dirigeons vers la porte, je vois Damon me regarder intensément près des ascenseurs, et je me retiens de sourire.

Nous discutons sur la route, principalement de notre projet. Vince m'apprend que chacun des membres de l'équipe a des chances de toucher un bonus, moi y compris. L'entreprise tient même à récompenser les stagiaires pour leurs bons résultats. Je me mords la lèvre en pensant au salaire que je touche déjà pour mon poste auprès de Damon. C'est déjà bien assez, non ? Je me sens rougir, et je suis reconnaissante qu'il fasse nuit tôt en cette saison.

Il me dépose devant chez moi, et je le remercie encore une fois avant de rentrer dans mon immeuble. Dans mon salon, deux de mes colocataires discutent des cours d'une voix animée, et je me dirige directement dans ma chambre pour être tranquille. J'aimerais vraiment gagner assez pour prendre un appartement seule, mais l'idée manque de me faire rire à voix haute. Je n'aurais même pas les moyens d'habiter dans le ghetto, là où vit ma mère. Au moins, en habitant ici, je peux l'aider un peu financièrement tout en suivant mes études. En entrant dans ma chambre, je vois que Melody est déjà endormie dans l'autre lit, entourée de livres. Cette vue m'attendrit. Moi aussi, je me sens épuisée après avoir fait jouir Damon, et après l'avoir vu se démener autant pour me donner du plaisir.

Je passe un pyjama chaud avant de me glisser sous les couvertures, pour essayer de me réchauffer malgré le froid qui règne dans la pièce. Je n'arrive pas à cesser de penser à Damon. J'écarte les jambes sous la couverture, et je commence à me caresser par-dessus mes vêtements. Mon entrejambe est encore sensible après nos activités de cet après-midi, et je souris en y repensant. Je glisse ma main sous mon pantalon pour mieux me toucher. Je n'ai pas besoin de lecture pour jouir, ce soir. Je me repasse la scène d'aujourd'hui, la langue de Damon insistant sur mon bouton, ses dents qui m'effleurent alors que mon orgasme explose, si fort que j'ai cru perdre connaissance pendant un instant. Ce moment a été intense et merveilleux. Je l'imagine en moi, sa queue épaisse dans ma chatte serrée, et je me touche plus fort. J'imagine ce qu'il me fera ressentir, en me prenant sur le dos, ou peut-être à quatre pattes. Qu'est-ce qui lui plaît ?

Je me rappelle du regard de la femme lorsqu'elle a quitté son bureau. Il ne m'a jamais répondu lorsque je lui ai posé la question. Mais au fond de moi, je pense que quelle que soit la réponse, ça n'a pas d'importance. Il m'a semblé voir quelque chose dans son regard, sur son visage, qui me laisse penser que je suis importante pour lui.

Peut-être vaudrait-il mieux que ce ne soit pas le cas. Mais alors que je jouis en me mordant les lèvres, je sais que je suis en train de tomber amoureuse de lui.

Le lendemain matin, je me réveille avec le réveil, et je baille en regardant le temps qu'il fait par la fenêtre Je n'ai qu'une heure de cours aujourd'hui avant d'aller au bureau. Cette pensée me fait sourire. Encore quelques jours, et nous serons vendredi ; le jour de notre rendez-vous au restaurant. Serait-ce vraiment une manière de célébrer mon nouvel emploi, ou bien notre premier rendez-vous en amoureux ? Bien sûr, il a les moyens de manger au restaurant à tous les repas, je sais que l'argent n'est pas un problème pour lui, mais d'après les commentaires que j'ai lus en ligne, ce restaurant est un endroit très chic. Normalement, il faut réserver des semaines à l'avance, mais il n'a eu qu'à donner son nom pour obtenir une table.

Qui est vraiment Damon, à part mon patron ? A-t-il des frères et sœurs ? Est-il proche de sa famille ? Que peut-il bien me trouver... Moi qui suis bien plus jeune que lui, encore en train de faire des études ? Qu'est-ce que je pourrais bien lui apporter ?

Je me lève et je vais me doucher, avant de fouiller dans mon placard pour trouver comment m'habiller. Je me décide pour un pantalon bordeaux moulant et un pull à col roulé gris qui sera assorti à ma nouvelle paire de chaussures, et je m'habille rapidement avant de partir en classe. Je porte un caban gris métallique que j'ai acheté d'occasion récemment et qui me tient bien chaud malgré la fraîcheur de l'air, et je me sens une nouvelle femme alors que je marche dans la rue.

J'achète un café au distributeur avant d'aller m'asseoir à ma place, heureuse de n'avoir que cette heure de cours dans la journée. Je pourrai passer du temps avec mon équipe et travailler efficacement, puisque je ne suis pas censée aider Damon aujourd'hui. Est-ce qu'au fond, j'aimerais que ce soit le cas ?

Après le cours, je prends le bus et je traverse la ville en regardant par la fenêtre. J'ai quand même pris mon iPad et mon téléphone professionnel dans mon sac de cours élimé, juste au cas où. Je ne m'en sers quasiment pas à la maison. Au fond, je n'ai pas vraiment l'impression qu'ils m'appartiennent. Et puis j'ai mon téléphone personnel, je n'en ai pas vraiment besoin. Notre connexion wi-fi est capricieuse à la maison, et ce n'est pas évident de faire mes devoirs là-bas. Je me masse distraitement le cou, et je descends bientôt à mon arrêt.

En entrant dans le bâtiment, je vois Devin se diriger vers les ascenseurs, et je m'arrête pour attendre qu'il soit monté. Je ne l'ai pas revu depuis notre rendez-vous, mais il n'a pas non plus essayé de me contacter. Je suppose qu'Autumn a dû lui dire que je fréquentais quelqu'un à la fac, et il n'a pas dû bien le prendre.

Je repense à la soirée que nous avons passée ensemble. Voir Damon dans sa voiture m'avait refroidie, mais au fond, je n'étais pas vraiment attirée par Devin. Pourtant lorsque j'y réfléchis, je n'ai aucun reproche précis à lui faire. Il est très beau, intelligent, et promis à un bel avenir. Devin a de l'humour et il est très gentil. Je regretterai peut-être de l'avoir repoussé par la suite.

Mais je n'ai presque rien ressenti lorsqu'il m'a embrassée. Je n'ai pas senti de désir traverser tout mon corps, comme c'est le cas avec Damon. À vrai dire, j'ai même plutôt trouvé ses bisous assez désagréables, un peu maladroits, comme avec les garçons avec qui je suis sortie auparavant. J'ai aussi eu l'impression qu'il avait juste envie de coucher avec moi, et qu'il cesserait d'être prévenant dès que je lui aurais cédé. Ce qui aurait été embêtant, étant donné que nous devons travailler dans la même entreprise. Je ne veux pas prendre de risques avec mon stage. Mais alors, qu'est-ce que je fais avec Damon ?

Si jamais les choses se passent mal entre nous, cela pourrait affecter mon avenir. Je sais que fréquenter mon patron est idiot, surtout en tant que stagiaire, sans sécurité d'emploi. Bien sûr, j'obtiendrai mon diplôme, mais si jamais je suis virée d'une entreprise comme Elkus Manfredi, surtout avec une réputation de coureuse, cela pourrait s'avérer très grave. Et si jamais je ne trouvais plus jamais d'emploi nulle part ? Maman n'aurait jamais une meilleure situation, et j'aurais simplement gâché toutes mes années d'études. Tous mes efforts auraient été vains. En pensant à ma mère, je me sens submergée de tristesse. Je ne supporterais pas de la décevoir.

Revenant au présent, je m'assure de ne croiser personne et je traverse le lobby pour aller attendre un ascenseur. Le décor de l'entreprise m'impressionne toujours, même si je suis là depuis plus d'un mois. Tout est si beau, si luxueux. Je n'arrive toujours pas à croire que je travaille ici.

Damon m'a montré plusieurs projets antérieurs menés par l'entreprise, et ce sont d'incroyables accomplissements. J'adorerais en faire mon métier plus tard. Je comprends pourquoi cette boîte est si réputée dans le pays, et à travers le monde. Mais je ne sais pas où est ma place, ni si j'en ai une, au sein de l'entreprise.

L'équipe est déjà occupée lorsque j'arrive, et je suis soulagée de pouvoir les rejoindre et m'installer sans qu'ils ne remarquent mon trouble. Je me mets au travail sans attendre. J'ai des doutes concernant mon avenir ici, mais je vais faire de mon mieux et éviter de m'attirer des problèmes.

19

QUATRIÈME PARTIE

DAMON

Je sais que je ne dois pas travailler avec Elisa aujourd'hui, et ça me rend fou. J'ai décidé qu'elle ne m'assisterait que trois jours par semaine, justement pour ne pas devenir accro à elle, mais bon sang, il est clair que mon plan a échoué.

Je prends mon téléphone avec l'idée de l'appeler, mais je me contente de le fixer un moment avant de le reposer. Je me demande une nouvelle fois pourquoi je ne semble pas pouvoir la laisser tranquille, et je sens un soubresaut dans ma queue, ce qui répond à ma question. Je me mords la lèvre.

Elisa sera ma récompense, lorsque je coucherai avec elle. Je vais lui faire découvrir un univers de plaisirs et changer sa vie. Et avec un peu de chance, je pourrai ensuite continuer la mienne.

Et pourtant, je sens bien qu'il ne s'agit pas seulement de l'attirance sexuelle que j'éprouve pour elle. Elle est sincère, et elle semble avoir bon cœur, ce dont je n'ai pas l'habitude chez les femmes que je fréquente. La plupart de mes conquêtes ont été intéressées par une relation à long terme parce qu'elles savaient que j'étais plus que riche, et que je pouvais les emmener partout dans le monde. Elisa est différente. Elle ne me demande rien, et elle a même été agacée lorsque je lui ai offert des chaussures. C'est la première fois qu'une femme m'a reproché de lui offrir quelque chose. Je me demande d'où lui vient son intense fierté.

Je vois mon téléphone vibrer sur le bureau. C'est Sharon. Cela fait un moment que je n'avais pas eu de ses nouvelles, et je repense à la dernière fois que l'on s'est vus. J'espère qu'elle ne veut plus qu'on se mette en couple. Par contre, je ne serais pas contre un massage pour détendre mes muscles douloureux et tendus. Je lui envoie un message dans lequel je lui propose de passer pour un rendez-vous professionnel, mais je sens que quelque chose me travaille au fond de moi.

Elle accepte de me rencontrer pour un massage, et je lui dis de me retrouver à l'hôtel dans quelques heures. Mais c'est tout ; juste pour un massage. J'ai très envie de baiser, mais je ne veux pas le faire avec n'importe qui. Je prétexte un rendez-vous chez le médecin auprès de mes managers pour m'éclipser, mais ils voient probablement clair dans mon jeu ; je n'y vais presque jamais. Je ne m'en inquiète pas trop, parce que l'échange se passe par e-mail. Et puis, je suis le patron, je peux faire ce que je veux ; même si au fond, je n'en ai pas vraiment l'impression, tout de suite.

Je me sens faible, et je n'aime pas du tout cette sensation nouvelle.

À quinze heures, je ferme la porte de mon bureau à clé et je pars. En sortant de l'ascenseur, je me fige dans le lobby. Elisa est en train de marcher avec Vince, un café à la main. Il lui dit quelque chose, et elle éclate de rire. Elle est magnifique, habillée avec un pantalon violet et un pull moulant. Je souris en voyant qu'elle porte les chaussures grises que je lui ai offertes. Cela me prouve qu'elle a aimé mon cadeau. Elle tourne la tête, et me regarde avec des yeux très expressifs. Je me sens nul d'aller retrouver Sharon, pourtant je n'ai aucun compte à lui rendre. Mais je sens son regard sur moi, avant qu'elle ne détourne les yeux et se remette à se diriger vers les ascenseurs. Nous devons jouer le jeu. Je traverse tranquillement le lobby, en sentant des regards me suivre, et je vais retrouver Mark qui m'attend près de la voiture. « Petite journée ? » me demande-t-il alors que je monte à l'arrière.

« J'ai un rendez-vous. Dépose-moi à l'hôtel, » je lui demande en croisant son regard dans le rétroviseur. Je ne mets jamais la vitre de séparation entre nous, sauf lorsque je suis accompagné. Je suppose que Mark pourrait écouter s'il en a envie, mais je suis assez certain que ça ne l'intéresse pas. Il doit être bien assez occupé. Mark est très beau, et il se maintient en forme, étant donné qu'il me sert aussi de garde du corps au besoin. Cela fait partie des critères de son poste, même si je n'ai besoin de personne pour me protéger. Mais c'est rassurant de me dire que j'ai quelqu'un pour me seconder si j'en ai besoin. Après tout, je suis très connu dans la ville. Et je considère Mark comme un ami.

Il démarre, et nous parcourons la route jusqu'à l'hôtel. Il me dépose devant les grandes portes vitrées. Je lui dis que je le préviendrai si j'ai encore besoin de lui dans la soirée. Il acquiesce, et me regarde étrangement. « Est-ce que tout va bien, Damon ?

Oui, ça va, Mark, » je lui assure en lui faisant un petit sourire, puis je me retourne pour entrer dans l'hôtel.

En vérité, je me sens bizarre. Je traverse le lobby et je vais appeler un ascenseur, en essayant de réfléchir. Quelque chose est différent aujourd'hui. J'ouvre la porte et je vais prendre une douche, puis je passe un jogging confortable et je me sers un verre au bar. Je fais les cent pas dans la suite, incapable de me détendre. Je finis par sortir mon téléphone et par fixer l'écran. Je suis en train d'envoyer un message à Elisa lorsque j'entends qu'on frappe à la porte. J'attends la confirmation qu'il est bien envoyé avant d'aller ouvrir, reposant mon portable avec un soupir.

J'ouvre la porte et je laisse entrer Sharon. Elle porte un pantalon moulant et un t-shirt blanc. Je l'observe, et je me dis qu'elle a vraiment l'air d'une masseuse professionnelle aujourd'hui. « Je ne savais pas que tu portais ce genre de vêtements au travail, » je remarque. Je vois son regard s'assombrir, mais elle passe devant moi, la tête haute. Peut-être qu'elle s'habillait comme ça au début, mais je n'arrive pas à m'en souvenir. Je vois qu'elle a l'air un peu renfrognée, et je manque de la renvoyer, mais je me ravise. Je reste silencieux pendant qu'elle couvre le lit avec une serviette. « Pourquoi m'as-tu appelé ?

Tu m'as manqué, Damon. Tu es mon client depuis longtemps, » me répond-elle.

Je réalise qu'elle a raison. Cela fait plus de deux ans que Sharon est ma masseuse. C'est une fille bien, et tant qu'elle se souvient de sa place, je compte continuer à la voir. « Je suis désolée pour la dernière fois. Je me suis oubliée pendant un moment, mais je sais ce qu'il en est à présent.

C'est à dire, Sharon ? » je lui demande en m'approchant pour me placer derrière elle.

« Ce qui se passe entre nous reste dans cette pièce, et je n'aurai aucune attente, » m'explique-t-elle en regardant droit devant elle.

« Bonne fille. » Je m'allonge sur le matelas et j'enlève mon pantalon. Le massage me fait du bien. Les mains de Sharon pétrissent mes muscles tendus, et je sens ma queue durcir un peu par moments, même si je ne ressens pas vraiment de désir pour elle.

« Tu es tendu. Est-ce que tout va bien? » me demande Sharon en massant vigoureusement mon cou.

« Des histoires de boulot, » je marmonne. Elle continue le massage. Je sens les huiles glisser sur mon corps, et je ferme les yeux pour imaginer que c'est Elisa qui me touche. Je me sens durcir contre la serviette. J'imagine la sensation de ses mains sur mon corps, et je souris alors que Sharon descend le long de mon dos. Je commence à me sentir relaxé.

Je suis tellement plongé dans mon fantasme que je crois que c'est Elisa qui passe ses mains sur mes fesses, et glisse entre mes jambes. « Putain, » je gémis alors que des doigts taquinent mes boules et caressent doucement ma queue, pleine d'huile.

« Je savais que tu en avais envie, » murmure la voix lorsque je soulève mes hanches pour la laisser faire. La main se serre autour de mon membre et je gémis en faisant un mouvement de va-et-vient. On me dit de me retourner.

« Oh, Elisa, oui, » je gémis en m'allongeant sur le dos, prêt à la baiser.

« C'est qui, elle ? » J'ouvre les yeux et je vois Sharon me fixer avec un regard triste.

« Est-ce que tu fréquentes quelqu'un ?

Prends-moi dans ta bouche, Sharon. »

Ma voix est sévère, et elle se lèche les lèvres avant de se mettre à genoux et d'engloutir ma queue. Elle gémit tout en se mettant en mouvement, et je la tiens par son chignon pour la maintenir en place alors que je bouge dans sa bouche. Je l'entends protester lorsque je commence à remuer plus fort, mais j'ai besoin de me soulager. « Avale. Avale mon foutre, » je lui ordonne en la fixant. Elle continue de bouger au-dessus de moi.

Je gicle au fond de sa gorge et elle manque de s'étouffer, mais elle obéit. Elle finit par s'éloigner et me regarde. « C'est tout ?

Termine le massage, » je demande, et je me retourne sur le ventre en fermant les yeux.

Une partie de moi se sent très mal à cause de ce qui vient de se passer, et c'est bien la première fois. Pourtant, je serai toujours un homme dominant qui prend son plaisir en donnant des ordres à des femmes. Mais peut-être que je suis en train de devenir plus sélectif.

Cet orgasme était puissant.

Sharon finit le massage avant de s'en aller, et elle accepte les billets que je lui glisse dans la main pendant qu'elle rassemble ses affaires. Elle fourre la serviette dans son sac, puis sort et referme la porte derrière elle. Je respire profondément. Je sais qu'elle est encore blessée à cause de la dernière fois, je pouvais le lire dans son regard. Mais je n'arrive pas à me sentir mal à cause de ça. Je me demande seulement pourquoi je me suis autant perdu dans mon fantasme avec Elisa.

Je me souviens que je lui ai envoyé un message tout à l'heure. Je vais me rincer les mains et j'attrape le téléphone avant de me rallonger sur le lit. Je sais que j'ai encore de l'huile plein le corps, mais au prix que je paie cette chambre, ils peuvent bien laver les draps. En ouvrant ma messagerie, je vois qu'elle a répondu environ un quart d'heure après avoir reçu le mien. Elisa est aussi timide avec ses mots, et je souris en lisant sa réponse. Je sens ma queue se remettre debout. Je décide de l'appeler directement, et je compose son numéro. Je souris en entendant sa voix au bout du fil.

« Damon ? Est-ce que tout va bien ? » me demande-t-elle d'une voix inquiète, et je ressens quelque chose d'encore plus puissant que du désir.

« Oui, j'étais juste en train de penser à toi, » je réponds, et je l'entends glousser. « Tu es toujours au bureau ?

Non, on a terminé tôt aujourd'hui. Vince avait une réunion, » me répond-t-elle, ce qui me fait plisser les yeux.

« Est-ce que tu lui plais ? » Je l'entends retenir son souffle.

« Quoi ?

Tu m'as très bien entendu, » je réponds d'une voix sèche, soudain en colère. « Est-ce qu'il t'a fait des avances ?

Je lui ai dit non, Damon. Tout le monde pense que j'ai un

petit ami à la fac, » me répond-elle. Je me passe la main dans les cheveux.

Sa réponse m'apaise. Je m'allonge contre l'oreiller. « Est-ce que tu sais à quel point tu es belle ? Est-ce que tu t'en rends compte ?

Je ne sais pas ce que tu me trouves, » me répond-elle doucement. J'ai envie de lui montrer, de toutes les manières imaginables. « Je ne sais même pas pourquoi tu continues à t'intéresser à moi.

J'ai envie de toi, Elisa. »

Je n'appelle jamais des femmes au téléphone. Je ne discute jamais avec elles une fois qu'on a couché ensemble, et très rarement avant. Elisa est différente. « Où es-tu ?

Chez moi. Il faut que je révise, » répond-elle alors que je glisse ma main vers mon bas-ventre.

« Est-ce que tu es seule ? » je demande d'une voix suggestive. Elle prend un moment avant de me répondre.

« Oui, pour une fois, » finit-elle par dire, et je ferme les yeux. « Mais je ne sais pas pour combien de temps.

Est-ce que tu es dans ton lit ? » Il me semble entendre un bruit de draps.

« Oui, » répond-elle, et je commence à me branler.

« Touche-toi, Elisa. Dis-moi à quel point je te fais mouiller. » Je fais monter et redescendre ma main lentement le long de ma queue.

« Je... Damon. Je n'ai jamais fait ça au téléphone, » me dit-elle d'une voix nerveuse. J'écoute attentivement. J'entends les draps bruisser, puis un soupir. « Oh, mon dieu.

Voilà, comme ça, » je murmure.

Je veux y aller doucement, pour ne pas l'effrayer. Elisa est presque totalement inexpérimentée. « Je suis tout dur, je bande tellement fort. J'aimerais glisser ma queue dans ta petite chatte mouillée. » Je l'entends gémir, et je souris en sachant que je lui fais de l'effet. « Elle est mouillée ?

Oui, oh oui, » murmure-t-elle, et je l'entends gémir à nouveau.

Je continue à lui parler à voix basse tout en me caressant, et je m'arrange pour jouir en même temps qu'elle lorsque j'entends son orgasme monter. « Oh, Damon. Je... Oh ! » Je serre mon membre dans ma main et j'éjacule en l'entendant pousser des cris de plaisir dans le combiné. C'était vraiment facile, et je continue de me caresser alors que je débande doucement.

Il faudra aussi laver la couverture, maintenant.

20

ELISA

Je suis couverte de transpiration lorsque je retire ma main moite de sous les couvertures, en entendant Damon jouir au bout du fil. C'était incroyable. Je ferme les yeux en me demandant ce qui vient de se passer. J'ai encore envie de jouir, et je fais glisser mes doigts sur mon bouton sensible en rejetant la tête en arrière. Je me perds dans les sensations que Damon me procure, et je me remets à gémir de concert avec lui. « Je n'arrête pas de me toucher. J'en veux encore plus, Damon.

J'ai envie de te goûter, ma belle. Je veux sentir ton clito délicieux dans ma bouche, » me dit Damon, et je gémis à nouveau. « Je veux te voir, les jambes écartées devant moi.

Hum... Oh... »

Je perds mes moyens en sentant une nouvelle vague de plaisir me traverser, et je me mords le bras pour ne pas faire de bruit. « Aïe ! » je murmure en regardant la marque que j'ai faite sur ma peau.

« Est-ce que ça va ? » me demande Damon, et j'éclate de rire.

« Je me suis mordue. J'étais tellement dedans... Oh mon dieu, » je m'émerveille, et je l'entends rire à voix basse.

« Je te ferai un bisou magique demain dans mon bureau. À moins que tu n'aies envie de me rejoindre ce soir, » propose-t-il. J'écarquille les yeux. « Je pourrais demander à Mark de venir te chercher avant de passer me prendre. Je viens de terminer une réunion.

Dans quel genre de réunion peux-tu faire... ça ? » je lui demande en rougissant.

« Dans une réunion qui s'est terminée. Est-ce que je l'envoie te chercher ?

J'ai cours demain, » je lui dis en réfléchissant à toute vitesse.

« Prends tes affaires. Il te déposera à l'école, » me suggère Damon. Je cède et lui donne mon adresse.

« Je sais où tu habites, » me répond-il, ce qui me fait rougir. « On se voit bientôt. »

Je me lève rapidement et je vais me rincer dans la salle de bain, puis je retourne dans la chambre pour passer un jean et un t-shirt rose avec un sweater par-dessus. Je mets une chemise et une paire de collants chauds dans mon sac de cours, ainsi que quelques affaires de toilette dont j'aurai besoin après une douche.

Mais qu'est-ce que je suis en train de faire ? Je ne peux pas passer la nuit avec mon patron, alors qu'on va travailler ensemble le lendemain. C'est trop risqué. Je m'assois lourdement sur mon lit en essayant de calmer ma respiration. Tout le monde va finir par être au courant, et on sera au cœur de toutes les rumeurs. Mais au fond, ce n'est pas ce qui me terrifie. Je ne veux pas perdre ma place en stage.

J'entends encore sa voix rauque dans ma tête. Je finis par me relever. « Il faut juste qu'on aille jusqu'au bout, comme ça je pourrai passer à autre chose. On pourra mettre un terme à cette histoire. » Je mets mon sac sur les épaules et je sors de l'appartement en fermant à clé derrière moi. En arrivant sur le trottoir, je vois la Bentley garée devant la porte, le moteur en marche.

Lorsque je m'approche, un homme sort du côté conducteur et il vient m'ouvrir la portière arrière. « Bonjour, » je lui dis nerveusement alors qu'il me dévisage discrètement.

« Mademoiselle Moore. Nous allons faire un arrêt pour passer chercher Damon sur le chemin, » me dit-il d'une voix professionnelle, même si je remarque son regard curieux.

« Merci, » je réponds en me glissant sur le siège arrière. Il referme ma portière. Les sièges sont doux et très confortables, et je m'installe avec un soupir d'aise. Il y a un bar à l'arrière de la voiture, et une sono plus luxueuse que toutes celles que j'ai jamais pu voir dans un appartement, et encore moins dans une voiture. Tout respire le luxe. Je mets ma ceinture alors que la voiture redémarre.

Les vitres sont teintées, ce que je savais déjà, mais c'est exaltant de penser que personne ne peut me voir à l'intérieur. Si j'étais en voiture derrière celle-ci, je regarderais les vitres avec insistance en me demandant qui se trouve à l'intérieur, ce qui me pousse à me retourner pour voir si quelqu'un essaie de faire de même. Il fait trop sombre pour que je puisse le dire. Je me demande ce que je pourrais faire d'autre dans cette voiture, en remarquant la vitre de séparation teintée entre Mark et moi. Je me laisse emporter par mon imagination. Lorsque nous ralentissons, je me colle contre la vitre et je vois que nous nous garons devant l'un des meilleurs hôtels de la ville. Je me demande encore une fois de quel genre de réunion parlait Damon, et dans quel contexte il a pu faire ce qu'on a fait au téléphone.

Bon sang, je déteste mon manque de confiance en moi.

J'entends des voix. La portière s'ouvre et Damon se glisse à l'intérieur, près de moi. Son regard est brûlant. Il me prend dans ses bras et m'embrasse avec une telle ardeur que j'en ai le souffle coupé. Je passe mes bras autour de son cou et il me serre plus fort contre lui. Je perds tous mes repères et je ne sens que sa bouche, ses lèvres, sa langue qui s'enroule autour de la mienne.

J'ai vaguement conscience que la voiture est en train de rouler. J'enroule mes jambes autour de Damon en le chevauchant alors que nos langues bougent ensemble, et je lui caresse le torse. Il me regarde avec des yeux de braise, et m'éloigne un peu de lui en ramenant mes bras le long de mon corps. « Quel bras ? »

je lève le bras droit, et il relève ma manche en regardant attentivement ma peau. Il trouve bientôt la marque laissée par mes dents. Il se penche et l'embrasse, comme promis. Je le regarde et je sens mon cœur s'affoler dans ma poitrine. Je suis vraiment en train de m'attacher à lui. « Tu as fait ça à cause de moi, » me dit-il d'une voix douce avant d'embrasser à nouveau l'endroit. « Est-ce que ça te fait mal ?

Non, » je réponds d'une petite voix. Il passe sa main dans mes cheveux et recommence à m'embrasser.

Nous continuons pendant tout le trajet, et je sursaute lorsque la voiture s'arrête, surprise et un peu embarrassée de m'être oubliée ainsi. J'ai les lèvres en feu, et je les frotte du bout des doigts. Ça le fait rire, et il m'embrasse encore en souriant.

Damon me laisse le temps de me ressaisir avant de m'ouvrir la portière. Je regarde l'immeuble devant lequel nous nous trouvons. « C'est chez toi ?

Non, j'habite ailleurs, mais je voulais te montrer quelque chose, » me répond-il en me prenant par la main pour m'entraîner dans la jolie allée en pierres, avec une petite mare et une cascade entourées de verdure.

Il sort un jeu de clés de sa poche, ouvre l'une des portes d'entrée sur la droite puis allume la lumière à l'intérieur. C'est un appartement spacieux, avec un grand salon et une cuisine moderne équipée. La décoration et les meubles sont sobres et de bonne qualité, et la pièce est aérée. Je regarde autour de moi, confuse. « Est-ce que ça te plaît ?

C'est magnifique, » je réponds, décontenancée.

Je n'aurais jamais les moyens de vivre dans un endroit pareil.

Peut-être après avoir travaillé quelques années au sein de la firme ?

« Je veux que tu vives ici, » me dit-il, et je le regarde fixement, ébahie. « Cela pourrait être inclus dans ta paie, et l'appartement est déjà meublé.

Damon, je pense que tu es devenu fou. Cet endroit est bien trop luxueux, » je proteste. Il me prend dans ses bras et m'embrasse tendrement.

« Elisa, pour le moment, tu vis dans un taudis. Et dans un quartier beaucoup trop mal famé. Ici, tu pourrais vivre toute seule, avoir ton intimité. Et puis, c'est à côté du bureau, » me dit-il entre ses baisers.

« Je n'ai pas les moyens d'habiter dans un endroit pareil. Je ne suis qu'une stagiaire, et je travaille pour toi seulement à mi-temps, » je lui fais remarquer. Damon me soulève et me porte le long d'un couloir. Il continue à m'embrasser et finit par me déposer doucement sur un matelas. Nous sommes dans une chambre superbe avec une grande fenêtre. Le lit est immense et confortable, placé au centre de la pièce.

« C'est une des deux chambres. Celle à l'étage est un peu plus grande, et elle a un balcon. » Il écrase ses lèvres contre les miennes et je l'attire contre moi, perdue dans les sensations qu'il me procure. Je sais que les choses ne vont pas s'arrêter là lorsque je le vois enlever son pull avant de revenir s'allonger contre moi. Il commence à embrasser mon cou.

« Pourquoi est-ce que tu fais tout ça ? » je lui demande, alors qu'il relève mon t-shirt et vient taquiner mon téton sous mon soutien-gorge en dentelle avec sa langue. « Oh, Damon.

Je ne sais pas, » admet-il. Il ouvre l'attache de mon soutien-gorge et le fait glisser pour prendre mon sein dans sa bouche, et il commence à le suçoter.

Il maintient mes bras le long de mon corps tout en continuant à m'embrasser et à me mordiller, ce qui me fait dangereusement approcher de l'orgasme. Lorsqu'il relâche mes bras, j'enlève précipitamment mon jean et j'écarte les jambes, sans le quitter des yeux.

« Est-ce que c'est ce que tu veux ? » me demande Damon d'une voix rauque en me dévorant du regard. Il se lève et se place devant moi.

« Je n'ai jamais eu autant envie de quelque chose, » je lui assure, et je sens une larme couler le long de ma joue. Je sais qu'il fait trop sombre pour qu'il puisse la voir, et j'en suis reconnaissante. Nous sommes baignés par la lueur douce de la lune qui passe à travers la fenêtre de la chambre. Ma respiration est saccadée, et j'oublie toutes mes craintes, à propos de mes études ou de mon avenir. J'ai l'impression que toute ma logique m'abandonne, remplacée par le désir intense que je ressens pour lui. J'ai juste envie de lui, de le sentir en moi, aussi profondément que possible. Il soulève sa chemise et j'admire son ventre musclé pendant qu'il fait lentement glisser son pantalon au sol. Bon sang, il est déjà dur, et voir la taille impressionnante de son membre me rappelle lorsque j'étais agenouillée entre ses jambes.

« Touche-toi, » m'ordonne Damon en s'installant à côté de moi sur le matelas, prenant sa queue à la main. Je suis intimidée, mais je fais doucement glisser un doigt le long de mon clitoris qui pulse en le regardant se branler lentement. « Est-ce que tu prends la pilule ? » me demande-t-il. J'acquiesce distraitement, perdue dans les vagues de plaisir. « J'ai envie de te prendre sans rien entre nous. Je me fais tester régulièrement, pour être sûr. Je ne baise jamais sans capote d'habitude ; mais avec toi, j'en ai besoin. Je veux te sentir entièrement. » Même si je sais que ce n'est pas raisonnable, je hoche la tête. J'ai tellement envie de lui que j'accepterais n'importe quoi. Il me regarde me masturber encore quelques instants, puis il vient se placer devant moi et remonte mes jambes, qu'il pose sur ses épaules. Damon se positionne face à moi, et il me pénètre lentement et profondément. Je gémis son nom. Il me remplit, et je l'attire par les hanches pour qu'il rentre encore plus en moi. Je me sens écartelée par chaque coup de rein, et je mouille de plus en plus. Il m'écarte les jambes pour me pénétrer encore plus fort, et je crie de plaisir. Je sais que je devrais m'inquiéter de ce qui est en train de se passer entre nous, me faire du souci pour mon avenir, me poser des questions, mais je ne ressens que cette attirance violente pour Damon. Je suis chaude et mouillée, et je le veux. J'en ai besoin, depuis la première fois que j'ai posé les yeux sur lui. Je place mes pieds contre son torse et je sens un orgasme encore plus puissant approcher.

Je jouis en me cambrant et et criant son nom. C'est encore meilleur que je l'imaginais, si c'est possible. J'ai l'impression que mon corps ne me répond plus, et je crois que je perds connaissance pendant quelques instants. Il est couché contre moi, haletant, les yeux écarquillés. « Qu'est-ce qui vient de se passer ? » je lui demande d'une voix faible en passant mes mains sur mon corps pour m'assurer que je ne suis pas en train de rêver.

« C'était magique, » me répond-il en prenant mon visage entre ses mains. « Putain de magique. » Je repense au début de soirée ; son appel, et la voiture qui est venue me chercher. Je repense à nos baisers sur la banquette pendant le trajet. Je regarde autour de moi, un peu choquée. Nous n'habitons ni l'un ni l'autre dans cet endroit, et pourtant nous venons de coucher ensemble dans cette chambre. Je rougis, un peu honteuse. Il remarque mon trouble et me force à relever la tête vers lui. « Qu'est-ce qui se passe ? » me demande-t-il. Je passe nerveusement la langue sur mes lèvres enflées après tous ces baisers.

« C'est juste... ce n'est pas notre appartement, ni à toi ni à moi, » j'explique. Il caresse ma joue moite.

« Je veux que ce soit le tien, » me dit-il, et je commence à secouer la tête. « Laisse-moi t'expliquer, Elisa. Mon beau-père,

Ken, était le PDG de Elkus Manfredi avant moi. Il est très riche, et il investit son argent dans des biens immobiliers, comme celui-ci. Ce sont de très bons investissements. Nous utilisons cet appartement pour loger les nouveaux employés lorsqu'ils viennent d'une autre région, le temps qu'ils trouvent une habitation. Dans un sens, c'est aussi ton cas.

Je suis seulement stagiaire, avec un mi-temps. Un mi-temps à travailler pour l'homme avec qui je viens de coucher. Oh, mon dieu, » je m'écrie en couvrant mon visage. « Je ne suis pas ce genre de personne.

Je n'ai jamais pensé que tu étais du genre à coucher avec tous tes patrons, Elisa. Tu as travaillé d'arrache-pied pour te trouver là où tu en es aujourd'hui. Je ne comprends pas entièrement cette fierté à laquelle tu sembles t'accrocher de toutes tes forces. Au fond, tu ne penses pas que tu as encore plus de chances de rester travailler dans la firme ? » Je le regarde en coin, et une larme roule sur ma joue. « Tu travailles dur, et tu en seras récompensée.

Est-ce que tu crois que c'est ce que les gens vont penser ? Que j'ai travaillé dur, ou que j'ai séduit le patron pour gravir les échelons de l'entreprise ? Ou pire, pour être entretenue ? » Ma voix se brise, et je sens la magie de la nuit s'estomper.

Je ferme les yeux et il vient s'allonger sur moi. Il prend mon menton entre ses doigts pour me forcer à le regarder.

« Tu ne m'as jamais rien demandé, Elisa. Est-ce que tu imagines le nombre de femmes qui ont essayé de me séduire à cause de ma fortune, à l'idée de ce que je pouvais faire pour elles ? Je n'ai jamais proposé ce genre de choses à une autre femme avant toi. » Il parle d'une voix assurée, en me tenant fermement contre lui.

« Pourquoi moi ? » je lui demande. Il se penche vers moi, cherchant mon regard avec des yeux brillants.

21

DAMON

Je regarde son visage innocent et effrayé en essayant de trouver une réponse à sa question. Je ne comprends pas encore entièrement moi-même les émotions que j'ai pu ressentir lorsque j'étais en elle. Je sens ma queue durcir à nouveau juste en regardant son corps. « Je... » je ne finis pas ma phrase et je me penche pour l'embrasser, parce que j'en meurs d'envie, et aussi pour gagner un peu de temps. Elle me rend mon baiser, et je sens qu'elle essaie de dégager ses bras, que je tiens fermement sans détacher ma bouche de la sienne. Sa langue est brûlante. J'écarte ses cuisses et je me glisse entre elles. Elisa gémit en soulevant son bassin. Je m'éloigne un peu d'elle pour me positionner devant sa fente. « S'il te plaît, » me demande-t-elle, et je rentre puissamment en elle. Je sais que c'est le mélange de nos jus qui la rend si humide, et je commence à la pilonner vigoureusement. Elle gémit à chaque coup de rein, et elle se serre contre moi. « Damon. »

Je l'embrasse en continuant à la pénétrer, ralentissant un peu mon mouvement de va-et-vient. Je relâche ses bras, et elle serre mon torse pour m'attirer encore plus profondément en elle. Je suis surpris lorsqu'elle me demande, à bout de souffle, de m'allonger sur le dos. Je fais ce qu'elle me demande, en l'entraînant avec moi et en ne la quittant pas des yeux alors qu'elle me chevauche et vient s'empaler sur ma queue, les mains posées sur mon torse. Elle est chaude et serrée. Je l'observe sans bouger avant de venir à sa rencontre avec mes reins. Je vois ses tétons durs rebondir à chaque mouvement, et lorsque je me soulève pour en prendre un dans ma bouche, Elisa pousse un long gémissement.

Nous jouissons en même temps, et elle pousse un cri en fermant les yeux. Cet orgasme est aussi intense que le précédent, et je ne la quitte pas des yeux pour mémoriser son visage alors que j'éjacule en elle pour la seconde fois. Un instant, j'ai l'image de mon bébé qui pourrait grandir dans son ventre, mais je repousse vite cette idée. Elle retombe sur moi, épuisée. Je caresse doucement ses cheveux en écoutant sa respiration saccadée. Nos corps sont brûlants l'un contre l'autre. « Et puis, est-ce que tu aimes seulement ton appartement actuel ? Je le trouve affreux. »

Elisa a un petit rire faible contre mon torse. Elle dépose un baiser sur mon épaule. « Non, je le déteste. Je n'ai aucune intimité.

Et il est dans un quartier qui craint, » j'ajoute en soupirant lorsque ses lèvres se posent sur mon corps.

« Il y a tellement de personnes, dans un espace si restreint, » me dit-elle. Je caresse le bas de son dos.

« Les nouveaux employés peuvent profiter de cet appartement pendant six mois s'ils en ont besoin. Enfin, ce n'est pas comme si Ken venait vérifier. Cela te laisse déjà bien assez de temps pour voir comment ça évolue pour toi. Tu vas avoir ton diplôme à la fin de l'année.

Tu ne vas pas lâcher le morceau, hein ? » me demande-t-elle, et je lui souris.

« Non, pas du tout. Je pense que ça nous profiterait à tous les deux. » Je ferme les yeux et je m'étire dans le lit. « Et puis, non pas que j'en ai envie, mais il y a une autre chambre ici, si tu as envie de prendre une colocataire.

Si je pouvais habiter ici, j'aimerais faire venir ma mère. Elle habite dans un quartier encore pire que le mien, » admet Elisa d'une petite voix.

Ma curiosité est piquée. Je lui demande où, et lorsqu'elle me le dit, je ne peux m'empêcher de grimacer. C'est quasiment le ghetto.

« Parle-moi d'elle, » je lui demande. Elle m'embrasse le torse.

« Papa est parti quand j'avais cinq ans, et maman a dû m'élever toute seule. Elle travaillait tellement... Elle me laissait avec mamie pendant qu'elle cumulait deux, voire parfois trois boulots. Quand j'ai eu treize ans, ma mamie est morte, et j'ai appris à rester seule, le plus souvent. Je l'ai vue travailler si dur, juste pour qu'on puisse avoir un toit au-dessus de la tête et de quoi manger. Alors moi aussi, j'ai travaillé dur à l'école pour entrer dans une bonne fac, afin de pouvoir lui rendre la pareille un jour. » Elle soupire. « Ce stage est un rêve pour moi. Ça veut dire que j'ai vraiment une chance de réussir dans la vie.

Et c'est pour ça que tu as tant peur, » je complète en la prenant dans mes bras.

« Je pourrais tout perdre, en plus de ma réputation. Je ne pourrais pas prendre soin d'elle. » Je lui caresse doucement le dos. « Elle a cinquante-cinq ans, et pourtant elle cumule encore deux boulots juste pour se payer cet horrible appartement.

Je ferai tout ce qui est en mon pouvoir pour que notre relation reste un secret. Mais je refuse que ça se termine entre nous. Tu vas emménager ici le plus vite possible, et nous ne le dirons à personne. À moins que tu ne fréquentes des gens de la firme en dehors du bureau ? »

Je suis curieux, et un peu inquiet, en attendant sa réponse.

« Non, plus maintenant. Je dirai à tout le monde que j'habite toujours dans ma colocation si on me pose la question, » murmure Elisa en frissonnant entre mes bras.

« Je vais faire préparer un appartement pour ta mère aussi. Elle mérite d'habiter dans un endroit en sécurité. » Je note mentalement d'appeler Ken dès que possible pour lui exposer la situation, même si ce comportement ne me ressemble pas du tout. Je ne comprends pas entièrement ce qui me pousse à vouloir tant venir en aide à Elisa. Mais c'est le cas. « Tout va bien se passer, Elisa. »

Je lui demande si elle a faim, et je lui propose de commander de la nourriture chinoise à livrer. Nous nous rhabillons et nous allons dans le salon. J'en profite pour lui montrer la cuisine, et j'allume un feu dans la grande cheminée à gauche de l'écran de télévision. « Damon, cet endroit est vraiment magnifique. Je n'ose pas imaginer le coût du loyer.

Ne t'inquiète pas pour ça. Ils sont là surtout pour les employés, et personne ne remarquera si il y en a deux de plus d'occupés. Tous les résidents sont reconnaissants pour l'opportunité, et discrets. Tu seras en sécurité ici. »

Elle me regarde sans rien dire, et elle vient s'asseoir près de moi dans le canapé, les lèvres serrées. Je mets la télévision et nous la regardons distraitement, serrés l'un contre l'autre jusqu'à ce que la nourriture arrive. Je vais chercher des fourchettes et des bouteilles d'eau dans la cuisine, et nous mangeons blottis sur le canapé.

Je lui demande si elle a une bourse d'études, et j'acquiesce lorsqu'elle m'explique qu'elle couvre à peine ses dépenses. Heureusement, avec l'emploi à mi-temps que je lui ai offert, et que je compte bien lui faire conserver, elle s'en sort un peu mieux. Elle suggère que sa mère pourrait habiter avec elle, mais je veux qu'on puisse être tranquilles tous les deux, et aussi qu'Elisa ait l'occasion de vivre seule pendant un moment. L'argent n'a pas d'importance. Tout ce qui m'importe, c'est qu'elle soit heureuse, et en sécurité. Je la fais monter dans la chambre à l'étage pour lui montrer la pièce. En fait, je préfère qu'elle dorme là-haut, ça me paraît plus sûr, même si j'ai déjà prévu d'installer un système de sécurité pour l'appartement.

Elisa fait le tour de la pièce, va voir la salle de bain qui y est rattachée et jette un œil par le balcon qui donne sur une très belle vue de la ville. « C'est adorable. Je peux m'imaginer en train de réviser tranquillement ici, avec la porte du balcon ouverte quand il fait beau.

J'ai d'autres plans pour cette pièce, » je lui fais remarquer. Elle glousse et s'assoit sur le grand lit.

Je vois qu'elle est fatiguée après les émotions de ce soir, et après tout ce sexe. Je l'embrasse tendrement avant de la laisser s'endormir près de moi. Par rapport à mes habitudes, c'est un comportement vraiment chaste, à tous les niveaux. Mais au fond de moi, je sais que ce qu'il y a entre nous est différent. Bien plus profond et significatif qu'une simple attirance sexuelle. Je repense à Sharon et à notre rendez-vous plus tôt dans la soirée, et je compare les expériences. Avec Elisa dans ma vie, je ne reverrai plus Sharon, je le sais. Maintenant que je sais ce que ça fait d'être en elle, je n'ai plus envie de personne d'autre.

C'est un problème, au fond. Elisa est mon employée, et notre relation va à l'encontre des règles que j'ai fixées lorsque j'ai pris la tête de l'entreprise. Je ne pensais pas vouloir un jour avoir une relation avec quelqu'un au bureau. Après tout, j'ai bien assez de femmes dans ma vie privée pour ça. J'avais toujours été doué pour séparer les deux, jusqu'au jour où j'ai rencontré Elisa, et ressenti la connexion intense entre nous. C'est si puissant que je ne peux pas l'ignorer. Mais je me demande si je suis vraiment prêt à tout risquer pour être avec elle ?

Je finis par m'endormir près d'elle, ce qui ne fait pas non plus partie de mes habitudes, normalement. En général, je ne passe pas de temps avec mes partenaires en dehors du sexe, et je dors seul.

   Tout est différent à présent.

   Elisa se réveille en retard. Elle n'a pas entendu son alarme parce que nous avons laissé son sac avec son téléphone dans le salon. Elle panique parce qu'elle est déjà en retard pour aller en cours. Je la tranquillise et je vais faire couler du café. Je lui rappelle qu'elle est la meilleure de sa classe, et que ça ne changera pas, même si elle manque une matinée. C'est un peu déconcertant pour moi de voir à quel point Elisa est obsédée par l'idée d'être toujours raisonnable, à chaque instant de sa vie. Elle se met la pression depuis sa plus tendre enfance, et ce n'est pas de sa faute. Je remarque les cernes sous ses yeux alors qu'elle boit son café sur le balcon. Je me demande comment elle vit ma proposition ; comme un soulagement, ou une source de stress supplémentaire ? Elle n'a pas l'habitude que les gens lui viennent en aide, à part sa mère. Et recevoir son aide l'a poussée à travailler deux fois plus dur pour réussir aussi pour elle.

   Je vois bien qu'elle est à cran, et je suis prêt à tout pour l'apaiser. Moi aussi je travaille dur, mais c'est différent sans la pression des problèmes d'argent. Je comprends l'angoisse que doit causer le fait de ne pas avoir assez pour vivre confortablement.

   Je la persuade de rester prendre un petit déjeuner, et j'envoie Mark chercher des beignets et du café dans la meilleure boutique de la ville lorsqu'elle finit par accepter. J'aime les courbes d'Elisa, et je n'ai pas envie qu'elle mincisse. Je ne trouve pas attirantes les femmes qui n'ont que la peau sur les os. J'aime les femmes un peu en chair, ce n'en est que plus excitant au lit. Il n'y a aucun plaisir à mettre la fessée à un cul osseux. Et celui d'Elisa est suffisamment rebondi pour que je puisse l'agripper et le marquer comme j'aime.

   Je la regarde manger une pâtisserie et boire un autre café. Elle semble plus calme, et prête à affronter le reste de sa journée. Lorsqu'elle me regarde, je vois l'hésitation dans ses yeux. « Je travaille avec toi aujourd'hui. Est-ce que ça va être bizarre ?

Non, ce sera mieux. Tu es une excellente employée, avec ou sans notre arrangement. Ne pense jamais le contraire, » je lui assure en regardant l'heure sur le micro-ondes.

Moi aussi, j'ai laissé de côté ma routine matinale habituelle aujourd'hui, et ça me dérange un peu. Je finis mon café en me disant que je m'excuserai auprès de mon équipe. Même si au fond, je n'ai pas besoin d'arriver au bureau aussi tôt que je le fais. « Je vais passer chez moi pour me préparer pour le travail. Est-ce que tu as besoin que Mark te dépose chez toi pour te changer, ou tu as tout ce qu'il te faut ici ?

Non, j'ai apporté des vêtements et mes affaires avec moi. Mais merci. »

Son sourire est doux, elle est magnifique. Je me penche pour l'embrasser, et je prends son visage entre mes mains. « Je pense que dire simplement merci ne suffit pas, Damon. J'ai l'impression qu'il y a bien plus à dire, et je ne comprends pas tout ce qui se passe. Mais merci. »

Je l'embrasse encore une fois avant de monter dans la voiture. Chez moi, je prends une douche rapide et je m'habille pour aller au bureau. Je n'arrête pas de penser à la nuit que nous avons passée ensemble, et aux émotions incroyables que je ressens pour elle. J'ai un grand sourire aux lèvres quand je remonte dans la voiture devant chez moi. Mark me regarde attentivement. « C'est sérieux entre vous ?

C'est possible, » je lui réponds alors qu'il démarre. « Je ne sais pas trop quoi en penser, Mark. Ça n'a jamais été mon genre.

Parfois, ce genre de choses n'arrive que lorsque le moment est venu, Damon. Peut-être que c'est la bonne, » me dit-il d'un air convaincu. Je m'assois contre le fauteuil en pensant à Elisa.

22

ELISA

Je me lave dans l'immense douche, qui possède trois pommeaux. Trois ! Je ne savais même pas que ce genre de choses existait, et l'expérience est fantastique. Je remarque qu'il y a déjà des produits de toilette dans la salle de bain, et je me demande si Damon les avait prévus pour moi à l'avance, en espérant que j'accepte sa proposition. J'adore cet endroit, mais au fond, c'est beaucoup trop. Je ne pourrais pas habiter ici sur mes moyens, donc j'estime que je ne le mérite pas. J'ai beaucoup de mal à accepter de l'aide, à part pour ma bourse d'études.

Mais au fond, je la mérite, elle, n'est-ce pas ? J'ai tout sacrifié pour elle, toutes les choses que font les étudiants normalement. Peut-être qu'à présent, je commence à être récompensée de mes efforts, même si à l'époque, coucher avec mon patron et recevoir un appartement gratuitement ne faisaient pas partie de mes objectifs Après ma douche, je me sèche avec une grande serviette moelleuse, et je détaille la pièce en me séchant les cheveux devant le grand miroir. C'est un endroit magnifique, et la salle de bain minuscule de ma colocation pourrait tenir dedans. Et je n'aurais même pas à partager celle-ci.

Mais je ne me sens toujours pas à l'aise. Même si c'est seulement un appartement avec deux chambres, c'est beaucoup trop grand. Il y a beaucoup trop d'espace pour que je vive ici toute seule, et je réfléchis à nouveau à proposer à ma mère de venir habiter avec moi, malgré les réserves de Damon. Est-ce qu'il a protesté parce qu'il compte me fréquenter en dehors du travail ? Est-ce que ça va durer entre nous ? C'est vrai que ce serait bizarre d'être intimes comme nous l'avons été hier soir si quelqu'un se trouvait dans la maison. Clairement, il existe une alchimie sexuelle incroyable entre nous.

Et à part ça, qu'y a-t-il entre nous ?

Je mets un peu de maquillage pour camoufler les cernes sous mes yeux, puis je passe la jupe noire et la chemise en soie que j'ai apportées avec moi. Je fronce les sourcils et voyant que la chemise est un peu froissée, malgré le soin que j'ai pris pour la plier dans mon sac. Mais les plis ne se voient presque pas, et puis c'est vendredi, un jour où tout le monde s'habille de manière décontractée, à moins d'une réunion avec un client. Personnellement, j'aime être féminine au bureau, et avoir l'air professionnelle. J'adore le fait que Damon porte des costumes tous les jours. Je rougis en pensant que je vais le revoir cet après-midi pour travailler avec lui. Hier soir, pour la première fois j'ai vraiment pris mon pied, et j'ai pu apprécier du sexe sans inhibitions. Je me suis même un peu choquée la seconde fois, lorsque j'ai pris le contrôle. J'ai bien compris qu'il préfère dominer, et je me demande à quel point, un peu rêveuse. Je ne m'y connais pas du tout, mais je pourrais lui demander. Je rougis. C'est assez gênant.

Je quitte l'appartement, mon sac sur mes épaules, et je découvre le quartier de jour. Tout est tranquille. À priori, tous mes futurs voisins travaillent. Je me rends à pied au bureau, qui n'est qu'à quelques pâtés de maisons de là. Effectivement, c'est idéal pour quelqu'un qui travaille à Elkus Manfredi et qui vient d'emménager, ou qui n'a pas de voiture, comme moi. Le chemin est agréable, et même de nuit, il sera sûr.

J'ai vraiment envie d'accepter cet appartement. Cela m'aiderait beaucoup pour mes études. Je pourrais étudier de manière productive chez moi, au lieu d'aller dans un café bruyant dépenser de l'argent que je n'ai pas. C'est ce que j'ai coutume de faire lorsque je n'ai pas envie de réviser à la bibliothèque de la fac, qui n'est pas spécialement silencieuse non plus.

Je pense à toutes les choses que je pourrais faire en habitant seule, et certaines me font rougir alors que je pousse les portes en verre de la firme.

Je rejoins mon équipe pour la première partie de l'après-midi. Je me sens inspirée, et je fais plusieurs propositions qui sont intégrées au projet, ce qui fait sourire Autumn. Elle est la plus encourageante, avec Vince, et elle ne me parle plus de Damon. Je ferai en sorte qu'elle n'apprenne jamais pour nous deux. Je lui rends son sourire, contente qu'elle approuve mes idées. Nous allons tous déjeuner ensemble à la pause. Nous discutons avec enthousiasme du projet en nous dirigeant vers le snack au coin de la rue. Devin s'apprête à y rentrer, et j'ai un moment d'hésitation en me demandant ce qui se passera si on se revoit. Autumn lui fait signe lorsque nous entrons, et il salue tout le groupe. Son expression ne change pas lorsqu'il me salue, et je me sens soulagée. « On mange tous ensemble ? » nous propose-t-il. Les autres acceptent et malgré ma gêne, je me force à sourire.

Nous nous installons à une grande table au fond, et je m'assois en face de Devin pendant qu'il demande à Autumn comment avance notre projet. Tout le monde discute tranquillement, et j'essaie de suivre plusieurs conversations en mangeant lentement mon repas. Je remarque le regard de Devin sur moi quelques fois, mais il ne semble pas m'en vouloir comme je le craignais après l'avoir rejeté l'autre fois chez lui.

Il a plutôt l'air déçu. Ce soir-là, on s'est embrassés un moment sur le canapé, mais quand j'ai senti qu'il voulait aller plus loin, je l'ai arrêté. Damon occupait trop mon esprit pour que je fasse quoi que ce soit avec Devin, surtout après l'avoir croisé dans la rue. J'ai expliqué à Devin que je ne voulais pas d'une relation pour le moment, parce que j'étais trop occupée par mes études et le stage. Devin a été déçu, mais il m'a assuré qu'il comprenait. Il m'a embrassée doucement une dernière fois puis m'a ramenée chez moi. Je n'ai pas souvent l'habitude de repousser quelqu'un, et je me sentais très mal.

J'ai remarqué qu'il n'a plus essayé de me contacter par la suite, encore moins depuis que j'ai raconté que je sortais avec un camarade de classe. Je suis jeune, et c'est ce que les gens de mon âge font, après tout, donc je ne pense pas qu'il ait été trop surpris. C'est un garçon très beau, et je suis sûre qu'il peut avoir n'importe quelle fille. Pourtant, je vois les yeux de Devin briller lorsqu'il regarde dans ma direction à la fin du repas. Quand nous sortons, il s'approche de moi pour discuter, et j'essaie d'avoir l'air naturelle. « Comment ça va ? » Sa voix est amicale, et je lui souris.

« J'adore le stage. L'équipe est géniale, » je réponds en le regardant timidement.

Ouais. Autumn m'a fait des compliments sur toi. »

Devin regarde dans sa direction, et je me demande s'il y a quelque chose entre eux. Il me semble qu'elle est en couple avec quelqu'un, mais je ne la connais pas vraiment.

« On m'a dit que tu sortais avec quelqu'un de ta fac.

Oui. Je suis désolée, ce n'était pas prévu, et ce n'est pas sérieux entre nous, étant donné que la situation n'a pas changé pour moi, » j'explique à Devin sans oser croiser son regard. En fait, tout a changé, et ça n'a plus rien à voir.

« Est-ce qu'il prend soin de toi ?

Euh, oui, plutôt. C'est encore récent entre nous. »

Il acquiesce en regardant droit devant lui. « Tu mérites qu'on prenne soin de toi, » me dit-il à voix basse. Je le remercie. Nous entrons dans l'immeuble et nous nous dirigeons vers les ascenseurs. En tournant la tête, je vois Damon qui parle avec une femme magnifique près de l'accueil, une femme plus âgée très élégante qui semble charmée par ce qu'il est en train de lui dire. Je me force à détourner le regard, me rappelant que je ne suis pas seule, et je dissimule mon désir en me dirigeant vers les ascenseurs. C'est presque douloureux. Lorsque la cabine s'arrête, je fais un signe aux autres en leur disant qu'on se voit plus tard. « Où est-ce que tu vas ? » me demande Devin en me regardant avec curiosité, jetant un œil aux boutons des étages.

« Elle travaille avec le grand patron quelques après-midis par semaine, » lui répond Autumn lorsque la porte se referme, et je n'ai pas le temps de voir sa réaction. Je m'appuie contre le mur en respirant profondément pendant que je monte les étages, en espérant avoir eu l'air naturelle. Je ne peux pas me permettre d'être découverte. Je me sens un peu en colère, en me demandant qui est la femme avec qui il parlait. Je savais qu'en couchant avec Damon, j'allais encore plus m'attacher à lui, et une petite partie de moi a envie de mettre fin à notre histoire, mais cette partie est infime par rapport au reste. Au fond, je sais que ça me fait peur, et que c'est normal.

J'arrive à me calmer le temps d'arriver au dixième étage, et je me dirige vers son bureau d'un pas naturel. Je frappe doucement à la porte, et je finis par ouvrir en n'entendant aucune réponse. Je pose mon sac sur le canapé, baissant les yeux pour admirer un instant mes nouvelles chaussures.

Je sors l'iPad du sac et je le pose sur le bureau pour l'allumer. J'ai toujours mon téléphone professionnel avec moi, mais je n'ai pas reçu de message aujourd'hui, ce qui me fait me demander si Damon regrette la nuit dernière. Je me sens plus comme une adolescente que comme une femme, et j'essaie de me raisonner.

Il est généreux avec moi, et il s'inquiète clairement de mon bien-être. C'est bon signe. Je ferais mieux de m'en rappeler au lieu de m'inquiéter.

Je sursaute lorsque la porte s'ouvre, et je remarque le regard froid de Damon lorsqu'il entre dans le bureau. « Damon ? » je lui demande en fronçant les sourcils, me demandant ce qui se passe. Il ne m'a pas vue dans l'entrée tout à l'heure, si ? Devin.

« Qu'est-ce qui s'est passé dans l'entrée tout à l'heure ? » me demande-t-il directement en allant s'installer derrière son bureau.

« Je pense que je peux te poser la même question. Qui était cette femme, Damon ? » je lui demande d'un ton sec, sentant ma jalousie prendre le dessus. Le sang me monte aux joues, et je me sens honteuse. Il soulève les sourcils.

« Putain de merde. On dirait une gamine jalouse, » me dit-il alors que je le regarde froidement.

« C'est pratiquement le cas. Je suis toujours à la fac, Damon. » Il s'approche et s'arrête devant moi, le regard brûlant. Il prend mon visage entre ses mains.

« Ne me le rappelle pas. Je n'ai pas eu l'impression que tu étais une gamine hier soir, quand tu étais assise sur moi, » me dit-il avec intensité alors que j'essaie de me dégager. « J'aime cette fille sûre d'elle, de ses désirs. Où est-elle en ce moment, Elisa ? » Sa voix est ferme, et je sens mes genoux trembler alors qu'il m'assoit sur le bureau.

« Tu me fais perdre mes moyens, Damon. Je ne sais plus où j'en suis, » je murmure. Il passe sa main dans mes cheveux et se penche pour m'embrasser. Je gémis contre sa bouche, et je sens mon corps réagir à sa proximité. Il retrousse ma jupe et m'arrache ma petite culotte, puis me pénètre avec un doigt tout en décrivant des cercles avec sa langue contre la mienne. Il entre et sort de moi de plus en plus fort, et je gémis encore, prête à jouir. Il m'arrête.

« Retiens-toi. Je te dirai quand tu pourras jouir, » me dit-il. J'écarquille les yeux, et j'essaie de ne pas faire attention au plaisir qui traverse mon corps. Comment suis-je censée ne pas jouir, alors qu'il me pénètre profondément, et semble connaître tous mes endroits sensibles ?

« Comment ? » je souffle en essayant de rester immobile et d'occulter ce qu'il est en train de me faire.

« Avec de la volonté, » me répond-il en continuant à me toucher et en m'embrassant dans le cou. J'ai l'impression que ça dure des heures, mais en réalité seulement quelques minutes ont dû s'écouler lorsqu'il pose son pouce sur mon clitoris en me donnant la permission de me laisser aller.

« Bon sang, » je crie alors que mon corps explose, et je sens mon vagin pulser autour de lui. « Ouah, c'était dingue !

C'était du contrôle, » me dit-il en m'embrassant doucement. « Je vais aller chercher de l'eau dans le frigo. »

Je reste assise sur le bureau, reprenant mon souffle le temps de retrouver l'usage de mes jambes. C'était tellement intense que j'en ai oublié notre dispute, mais j'y repense lorsque Damon revient et me tend une bouteille d'eau. J'en bois la moitié en fermant les yeux. « Cette femme est une amie de ma mère. Je ne l'avais pas revue depuis quelques années, et elle m'a invité à déjeuner.

Oh. » je me sens idiote.

Je glisse du bureau et je m'assois sur une chaise en regardant par terre pour essayer de voir si ma culotte a survécu à son assaut. Je la trouve sous le bureau, et je dis sans lever les yeux : « Je suis désolée.

Explique-moi ce que tu faisais avec Devin, » me demande-t-il. Je soupire.

« Ce n'était rien du tout. J'ai déjeuné avec mon équipe, et on a croisé Devin dans le snack. Autumn le connaît aussi, alors on a mangé tous ensemble. Je ne lui ai quasiment pas parlé. Et sur le peu qu'on s'est dit, je lui ai confirmé que je voyais quelqu'un de la fac. » Il me regarde attentivement. « Je te promets. Quoi, tu penses que j'ai envie de quelqu'un d'autre après hier soir ?

J'espère que non. Je sais que moi, non, » me dit Damon d'un air surpris, et je me sens confuse. « Je pense qu'on va travailler sur ton contrôle maintenant. »

Je ne sais pas trop comment me mettre à travailler après ça, mais je finis par me mettre dans le rythme, et l'après-midi passe vite. À la fin de la journée, nous sortons ensemble pour aller au restaurant. Je regarde nerveusement autour de moi lorsque nous traversons le lobby de l'entrée, mais il n'y a personne. Je le suis jusqu'à sa voiture en me tenant loin de lui, les bras le long de mon corps. Nous nous touchons dans son bureau, et je compte bien le faire ce soir, mais pas ici. Pas en public. Mark m'ouvre la portière en souriant, et je le salue d'un signe de tête en montant à l'arrière. Damon s'installe près de moi. « Où va-t-on ? » je lui demande, et il me sourit avec un air de mystère.

« Tu verras, » me dit-il avant de m'attirer contre lui pour m'embrasser. Je me laisse aller alors que nous traversons la ville derrière les vitres teintées du véhicule. Je me sens bien dans ses bras. La voiture s'arrête, et lorsqu'il m'ouvre la portière je vois que nous sommes à L'Espalier, l'un des meilleurs restaurants de la ville. Je lui souris.

Il m'ouvre la porte et il s'approche de l'hôtesse pour lui dire qu'il a réservé. Elle nous guide vers une table située dans la cuisine, où nous pouvons observer les chefs en action, et j'éclate de rire une fois installés. « C'est différent. »

23

DAMON

Nous dînons en regardant les chefs préparer les plats, et nous goûtons à toutes leurs spécialités. Elisa finit par accepter l'appartement, et elle me dit qu'elle préviendra ses colocataires dans les jours qui viennent. Elle a décidé de leur payer le mois prochain en avance, pour qu'elles ne soient pas ennuyées par son déménagement. J'admire ce trait de sa personnalité. Elisa est bienveillante et attentionnée. Je sais que cette fille prendrait soin de moi comme j'ai envie que ce soit le cas si j'envisage une relation. Je lui demande si elle a besoin d'aide pour le déménagement, mais elle m'explique en riant qu'elle vit déjà dans un meublé, bien que les meubles soient d'une qualité bien différente de ceux de l'appartement que je lui propose.

« Mais tout de même, je réfléchissais, et je me sens coupable à l'idée que tu réquisitionnes un autre appartement pour maman. Elle pourrait vivre avec moi, c'est tellement grand. Je ne pense pas qu'elle arrête entièrement de travailler même avec un appartement, mais j'espère au moins la persuader de n'en garder qu'un, et à mi-temps. » Elle me regarde timidement. « On aurait quand même notre intimité, si c'est ce que tu veux. Enfin, si tu as envie de rester chez moi parfois.

Tu as très bien compris, Elisa. Tu sais, je ne fais pas ce genre de propositions à toutes les femmes, » je lui rappelle.

On nous apporte un autre plat au poulet délicieux, et Elisa pousse un petit gémissement en le goûtant.

Après un bon repas et quelques verres de vin, nous sortons du restaurant. Mark nous ouvre la portière, et Elisa glousse. « Est-ce qu'il est toujours avec toi ? » me demande-t-elle lorsque nous sommes installés dans la voiture.

« Il rentrera chez lui lorsqu'il nous aura déposés chez moi, » je lui réponds, et elle lève les yeux vers moi.

« On ne va pas à l'appartement ?

J'ai envie de te montrer où je vis. » Elle me sourit en se calant contre le siège en cuir.

« Merci pour le dîner. J'ai passé une très bonne soirée, » me dit-elle en se penchant pour m'embrasser dans le cou. Mark entre dans le parking souterrain et nous conduit jusqu'à mon ascenseur personnel. Il nous souhaite une bonne nuit en nous souriant, et je le salue d'un signe de tête. Je prends la main d'Elisa et je l'entraîne vers l'ascenseur. Elle glisse son bras autour de ma taille.

J'entends un bruit de talons dans le garage, et lorsque je tourne la tête, je vois Nathalie qui m'observe en se dirigeant vers sa voiture. Je suis surpris de la croiser, et un peu inquiet qu'elle ait un indice d'où j'habite à cause de l'ascenseur privé. « Est-ce que tu la connais ? » me demande Elisa à voix basse, alors que Nathalie plisse les yeux dans notre direction.

« Pas vraiment, elle habite dans cet immeuble, » je réponds à Elisa en la faisant monter dans l'ascenseur.

Nous entrons chez moi, et elle regarde autour d'elle, impressionnée. « C'est...

C'est chez moi, » je lui dis en lui retirant son manteau, que j'accroche dans l'entrée.

« J'allais dire "incroyable", » me répond-elle en s'approchant de la grande baie vitrée qui donne sur la ville. Je sais que la décoration de mon appartement est élégante, puisque j'engage des décorateurs pour y veiller, mais j'apprécie son enthousiasme. « Je n'ai jamais vu un endroit aussi luxueux, loin de là. Je suppose que toi, tu as l'habitude.

J'ai toujours eu de l'argent, Elisa. Mais c'est un des premiers endroits où je me sens vraiment chez moi. »

J'allume un feu dans la cheminée alors qu'elle regarde la vue.

« Il y a combien de chambres ici ? » me demande-t-elle. J'ajoute un peu de petit bois avant de lui répondre.

« Quatre. Elle ne sont pas aussi grandes que le salon et la cuisine, même si ma chambre est plutôt spacieuse. » Elle vient s'asseoir sur le canapé près de moi. « Dans les autres pièces, il y a un bureau, une chambre d'amis, et une pièce pour mes activités.

Tes activités ? » me demande-t-elle avec l'un de ses petits rires qui me font fondre.

Je me relève et je frotte la suie sur mon pantalon. Je la regarde intensément en desserrant ma cravate. Je vois son regard briller de désir, et elle se penche vers moi en se léchant les lèvres.

« Est-ce que tu as aimé te retenir, tout à l'heure ? » je la regarde rougir en entendant ma question, ce qui me fait bander. Je garde ma cravate autour du cou. J'ai envie de m'en servir.

« Oui, » me répond-elle finalement avec un regard coquin. J'ai envie d'aller plus loin. Je reviens m'installer près d'elle. « Est-ce que tu aimerais recommencer ?

Oui, » murmure-t-elle en croisant mon regard, les yeux brillants.

Je me demande jusqu'où je peux aller avec elle ce soir. Je me penche pour l'embrasser, d'abord lentement, puis plus intensément alors que la température grimpe entre nous.

Nous pouvons utiliser ma chambre, ou l'autre pièce. Est-ce que c'est trop, si tôt ? Je sais qu'Elisa s'inquiète de mon passé, mais la réalité devrait la rassurer de ce côté-là. Je n'ai ramené que très peu de femmes chez moi, seulement les rares pour qui j'ai ressenti un peu plus qu'une attirance sexuelle. C'est pour ça que j'ai aménagé l'autre pièce.

Aucune de ces femmes n'a été aussi importante qu'Elisa à mes yeux, loin de là. Je l'embrasse plus intensément, et elle glisse sa main entre mes jambes et commence à me caresser. « J'aimerais te montrer quelque chose, Elisa.

Quoi donc ? » me demande-t-elle, à bout de souffle, avant de recommencer à m'embrasser.

Elle s'assied sur moi, et je suis distrait de mon projet pendant quelques minutes. Je déplace mes mains pour venir caresser ses fesses. J'ai envie de lui arracher ses habits et de la prendre sur place, mais je me concentre et je m'écarte d'elle.

« Viens avec moi. » Je la remets doucement debout et je vais nous chercher de l'eau. Nous allons en avoir besoin. Je prends la main d'Elisa et je lui fais traverser le long couloir jusqu'à la porte, que j'ouvre avec la clé que j'ai été prendre dans la cuisine. Je m'arrête un moment avant de pousser la porte et de l'entraîner à l'intérieur, sans la quitter des yeux. Je la vois ouvrir la bouche et écarquiller les yeux.

ELISA ET DAMON laissent libre cours à leur passion, bien qu'ils travaillent ensemble et qu'il soit son patron. C'est une situation inhabituelle pour tous les deux, mais leur attirance est trop forte pour qu'ils y résistent, et chaque fois qu'ils se touchent, ils sont de plus en plus accros l'un à l'autre.

. . .

Personne ne peut être au courant, car cela pourrait mettre leur réputation en péril, ainsi que l'avenir d'Elisa. Au bureau, les rumeurs vont bon train, malgré les efforts de Damon pour les éviter. Il a entendu toutes sortes d'histoires, mais comme aucune n'est vraie il ne s'en formalise pas trop. Mais cette fois, il est inquiet des conséquences que cela pourrait avoir pour sa nouvelle partenaire. Damon se sent comme un autre homme, depuis qu'il la fréquente.

Ils ont tous les deux conscience qu'ils sont en train de tomber amoureux, mais ils tiennent à protéger leur vie privée à tout prix.

Il a envie de prendre soin d'elle et de lui offrir un meilleur niveau de vie que ce à quoi elle est habituée, mais elle est son employée. Il doit être prudent, ne pas trop en faire. Il ne veut pas lui faire peur, ni risquer de révéler à ses collaborateurs qu'il ne respecte pas ses propres règles personnelles.

Elisa a toujours été indépendante, et même les petits cadeaux la dérangent, sans parler des choses plus importantes. Elle a du mal à se faire à cette nouvelle situation, elle se demande où ça va la mener, et si ça ne va pas mettre en péril son avenir et son emploi rêvé au sein de l'entreprise. Elle ne s'inquiète pas seulement pour elle, mais aussi pour sa mère, et son côté terre à terre lutte contre les émotions qu'elle ressent à mesure que ses sentiments se développent.

. . .

Damon pourra-t-il vraiment changer de mode de vie pour cette fille ? Serait-il prêt à tout sacrifier pour une fille comme elle, sachant qu'elle ne sera peut-être pas prête à faire les choses dont il a l'habitude ? Le jeu en vaut-il vraiment la chandelle ?

24

CINQUIÈME PARTIE
ELISA

Damon m'entraîne dans une pièce illuminée par un gros chandelier en verre qui descend du plafond. C'est une chambre, mais aussi davantage. Elle respire le péché, avec la tête de lit impressionnante en métal qui permet d'être attaché à plusieurs endroits, et les mêmes possibilités au pied du lit. Je vois des étagères et des placards, et je sens mon bas-ventre chauffer en me demandant ce qu'ils contiennent. Damon glisse ses mains sur mes hanches, et je sursaute en remarquant la chaleur qui émane de ses mains. « Je peux faire des choses incroyables à ton corps ici, » me promet-il, et je me passe la langue sur les lèvres.

« C'est ce que je vois, » je réponds, et je sens la jalousie irradier dans tout mon corps. Je me répète qu'il m'offre un appartement, ainsi qu'à ma mère. Je sais qu'il tient à moi, peu importe son passé. Il faut que je cesse d'y penser. Que je laisse une chance à notre histoire, pour voir où elle peut nous mener. « Qu'est-ce que tu veux que je fasse dans cette pièce ?

J'aimerais commencer doucement. D'abord, je veux t'attacher pour qu'on travaille sur le contrôle dont je te parlais tout à l'heure. J'aurai le contrôle total de la situation, et j'aimerais tester tes limites, » me dit Damon, ce qui me fait frissonner. « J'ai fait faire ce lit spécialement, pour avoir plusieurs points d'attache.

Oui, je l'ai deviné. C'est très joli, » je dis, et Damon rit doucement.

« Je ne suis pas sûr que c'est le terme que j'aurais employé, » me dit-il alors que je tourne dans ses bras. « Cet endroit n'est pas fleur bleue, Elisa. Ça peut devenir dur, et intense.

Tu ne me ferais pas de mal. Si je te demandais d'arrêter, tu n'irais pas plus loin, » je dis à Damon, dont les yeux étincellent sous la lumière.

« Non, je ne te ferai pas de mal, » répond-il, et je me hausse sur la pointe des pieds en souriant pour l'embrasser.

« Pourquoi est-ce que je me doute que ce n'est pas tout ? » je murmure. Ses lèvres s'écrasent contre les miennes. J'entoure son cou de mes bras, et il me soulève et me porte à travers la pièce pendant que nos langues s'entremêlent. Je sens mes veines bouillir et je l'attire plus près, l'invitant à me faire ce dont il a envie. Je sais à quoi sert cette pièce, du moins en partie, et je me sens prête.

J'ai envie de m'investir avec lui, et pour ça, il faut que je mette un pied dans son monde. Et puis, ça épicera un peu ma vie, autrement fade.

Damon m'ordonne de me déshabiller d'une voix douce mais ferme, et je m'exécute. Je tremble alors que je laisse glisser mes vêtements au sol. Je me tourne vers lui, et je le vois qui me dévore du regard. Il ouvre un des placards et en sort de la corde, qu'il enroule autour de sa main. « Allonge-toi sur le dos, et écarte tes bras et tes jambes. » J'obéis, en rougissant à l'idée d'être exposée de la sorte. Damon se penche pour m'attacher, en faisant attention à ne pas me blesser et à ce que je puisse tout de même bouger. Mais je sais que je ne peux pas le toucher, et l'idée m'excite beaucoup. Je vois son regard glisser entre mes jambes et admirer ma chatte mouillée lorsqu'il attache mes pieds. Je tremble alors qu'il m'ôte ma liberté de mouvement.

Il se déshabille en silence, et j'admire son corps musclé alors qu'il s'assied entre mes jambes. « On va commencer doucement, Elisa. Je veux que tu prennes du plaisir. Si ce n'est pas le cas, dis-moi d'y aller plus doucement. Je ne veux pas t'effrayer, et comme ça, moi aussi je vais mettre mon contrôle à l'épreuve.

D'accord, » je murmure, et il regarde mon corps.

Mes tétons sont durs et sensibles, et je sens que je mouille encore plus sous l'intensité de son regard. C'est déjà presque assez pour me faire jouir, et je me tortille malgré mes liens lorsqu'il pose une main sur mon genou. Ce simple contact me fait sursauter. Il me caresse doucement en me disant de me calmer, que je ne risque rien. Damon prend quelque chose dans sa main et il tamise la lumière, ce qui m'apaise. Il commence à me caresser la cuisse, laissant sa main remonter de plus en plus. Le mélange de plaisir et de confinement est très puissant, et je me trémousse lorsqu'il passe les doigts sur ma chatte.

« Tu es toute mouillée pour moi, » murmure-t-il en caressant mon clitoris. Je gémis, et ça le fait sourire. « C'est vraiment ton point sensible, Elisa. » J'acquiesce, et il bouge sa main, taquinant mon bouton gonflé. Il glisse un doigt en moi, et me caresse de l'intérieur. J'essaie de ne pas bouger en me mordant la lèvre. Je ne me savais pas si sensible avant de rencontrer Damon, et j'ai déjà tellement envie de jouir qu'il m'est douloureux de penser que je n'en aurai pas le droit tout de suite. J'en ai tellement envie. Je veux le sentir en moi et crier son nom dans cette pièce, le supplier de me baiser fort. Je suis prête, mais je pense qu'il le sait déjà.

« Damon, » je crie, lorsqu'il touche un point qui manque de me faire exploser de plaisir. Il s'en éloigne en souriant. « Ce n'est pas juste. C'était tellement bon.

Je sais, » répond-il d'un ton taquin.

Je baisse les yeux pour croiser son regard alors qu'il caresse l'intérieur de mes cuisse trempées. Je mouille tellement que les draps doivent être inondés sous moi. Nous nous regardons pendant un long moment, et il semble réfléchir à son prochain mouvement. Il dégage un air de danger qui me fait fondre.

Il se déplace et s'assied à côté de moi, admirant mes tétons qui semblent pointer dans sa direction. « Putain, ils font mal, » je dis lorsqu'il passe sa main en-dessous de mes seins. Il fait remonter un de ses doigts et commence à caresser mon sein droit. Je ferme les yeux et me laisse aller à la sensation. Dans l'état où je me trouve, ce simple contact pourrait bien me faire jouir, mais je sais qu'il ne me laissera pas en arriver là. « Comment arrives-tu à te retenir ?

Je suis dur comme la pierre, Elisa. Ce n'est pas facile, mais cette étape est nécessaire. » Il parle à voix basse, contrôlée, et me pince doucement le téton, ce qui me fait me cambrer immédiatement. « Lorsque je vais te baiser, tu seras trempée grâce à tous les orgasmes que je t'aurai laissée avoir. Tu seras toute serrée et prête à recevoir ma queue.

Oh, mon dieu, » je gémis.

Il se penche et embrasse mon ventre, puis remonte doucement pour prendre un de mes tétons dans sa bouche. Il suçote et mordille, et je me rapproche de l'orgasme, mais il s'éloigne. Il pose des pinces sur mes tétons, et vient taquiner mon clitoris avec un gode qui vibre doucement. Il l'éloigne chaque fois que mon orgasme se approche. J'ai la voix rauque à force de crier lorsqu'il finit par glisser deux doigts dans ma fente. Il entame un mouvement de va-et-vient alors que je me cambre contre lui.

« Jouis, Elisa, » me murmure-t-il à l'oreille, et je crie. Mon corps s'arque, et je sens mon orgasme se répandre dans toutes les terminaisons nerveuses de mon corps. Ce moment vaut toute la torture qui l'a précédé, même si j'ai eu l'impression que ça a duré des heures. Je continue de gémir longtemps, alors qu'il me

caresse doucement la chatte, prolongeant mon plaisir.
« Comment était-ce ? »

Fantastique, » je halète en fermant les yeux.

J'essaie de reprendre mon souffle. Tous mes muscles sont engourdis. Je le sens se lever du lit, et rapidement revenir. Il place quelque chose contre ma bouche, et en entrouvrant un œil je vois qu'il tient une bouteille d'eau. C'est une bouteille de coureur, qui ne peut pas se renverser, et j'aspire de longues goulées en souriant avec gratitude.

Lorsque j'ai repris mon souffle, il vient se placer entre mes jambes et joue avec sa langue sur ma fente. Damon nettoie le jus de mon orgasme précédent, et manque de me faire jouir à nouveau, puis il s'éloigne et vient mordiller l'intérieur de ma cuisse. Je repense à celui que je viens de vivre, et je me dis que ces efforts en valent la peine. Il prend mon clitoris entre ses dents, ce qui me fait gémir. Bien assez tôt, il sera en moi, en train de me baiser comme un fou, et je le supplierai d'y aller plus fort.

Damon m'ôte toute volonté, en me procurant un plaisir comme je n'en ai jamais connu auparavant, s'éloignant chaque fois qu'il devient trop fort. Chaque fois, je crie de frustration, je le supplie de continuer et je lui dis que je le déteste. Il finit par me permettre de jouir en reprenant mon clitoris entre ses dents, et je hurle mon plaisir et sentant mon jus s'écouler dans sa bouche. Damon m'aspire en caressant mon clito avec son pouce, et je sens un autre orgasme puissant me submerger.

J'ouvre les yeux et je vois qu'il détache mes pieds. Il m'ordonne de me mettre à quatre pattes. « J'adore comme une femme est serrée après que je l'ai goûtée, » murmure-t-il. C'était intense, et je me retourne en grognant pour obéir. Soudain, je me sens remplie, et Damon me pénètre avec puissance. Je sens l'effet que notre session lui a fait, parce qu'il me pilonne brutalement, et je viens à sa rencontre à chaque coup de rein. Je suis trempée et bouillante de désir. Il claque ma fesse chaque fois qu'il se retire, ce qui me fait crier.

Damon éjacule avec un grognement intense, en agrippant mes cuisses, et je jouis pour la troisième fois de la soirée. Je ne sais pas depuis combien de temps nous sommes dans cette pièce, mais j'ai l'impression que cela fait des jours. Il se relève et va chercher de l'eau avec des pas tremblants. Il m'en propose, avant de boire de longues gorgées. « C'était tellement difficile de ne pas te mettre sur le ventre et te faire ça dès le début. Est-ce que ça valait la peine d'attendre ? » me demande Damon. Je prends un moment pour répondre, en partie parce que je suis encore trop essoufflée.

« Oui, » je finis par répondre dans un souffle, et il vient m'embrasser l'épaule avant de détacher mes mains.

Il se repose un moment près de moi, puis il me soulève dans ses bras et me porte dans une autre pièce. C'est une chambre, aussi grande que l'autre, mais plus confortable. Le lit est immense, une cheminée occupe tout un pan de mur, et il y a un grand écran plat sur le mur face au lit. Il me dépose sur le lit. Je suis nue, et je ne dois ressembler à rien après cette séance de sexe intense. Je le regarde alors qu'il allume la lampe sur la table de chevet.

« Je préfère dormir ici.

Je reste ? » je lui demande, et il hoche la tête.

« Peut-être que je ne te laisserai jamais partir. » Il ouvre les draps et me soulève pour me déposer dedans.

« Damon, je suis toute sale, » je lui dis. Il se lèche les lèvres.

« Je ferai laver les draps. Mais ce soir, je veux sentir ton odeur, sur les draps, et dans la chambre. Je veux me souvenir de tout ce qui vient de se passer. » Il m'embrasse. « Je veux encore être en toi ici, mais plus lentement. De manière plus intime.

Oui, ça me plairait, » je réponds, et il m'embrasse tendrement.

Nous faisons l'amour de manière passionnée, mais tranquille. Nous prenons notre temps. Je trouve ça parfait. J'ai envie de lui montrer ma gratitude pour tout le plaisir qu'il m'a donné ce soir, et Damon me laisse le pousser dos au matelas, et descendre le long de son corps jusqu'à sa queue. J'ai envie de le goûter.

Il tient mes cheveux alors que je monte et descends le long de son membre, ma bouche gourmande. Damon me laisse le contrôle. Il grogne lorsque j'accélère la cadence, et il vient à ma rencontre. Il éjacule en gémissant, et il me remplit la bouche jusqu'au fond de la gorge, comme s'il avait deviné que c'était ce que je voulais.

C'était vraiment le cas.

C'est lui qui me relève. J'essaie d'aspirer son essence jusqu'à la dernière goutte. « Mais qu'est-ce que je t'ai fait ? » me demande Damon, incrédule, en voyant mon regard excité. « Je te transforme en démon. »

Il est bientôt à nouveau dur contre moi, et il me pénètre alors que je suis allongée sur le ventre, avec de longs coups de rein langoureux. C'est vraiment un moment sensuel. Je me retourne, et nous nous regardons dans les yeux alors que j'enroule mes jambes autour de sa taille pour l'attirer contre moi. Damon embrasse mes seins, mon cou et mes lèvres, même si je dois avoir le goût de son sperme. Il ne semble pas s'en soucier, ce qui me surprend un peu de sa part.

Je jouis quelques instants avant lui, et il se contracte bientôt, en embrassant mon crâne. Je suis bouleversée par notre nuit, et je ne peux m'empêcher de me demander comment je pourrais reprendre ma vie d'avant si notre histoire se termine.

25

DAMON

Elisa s'endort avant moi, épuisée après tout ce que je lui ai fait vivre ce soir. Je la regarde dormir en m'autorisant à me détendre. Je remonte la couverture sur elle et je caresse doucement ses cheveux. Elle était tellement innocente avant de me connaître, mais si ouverte aux idées que je lui présente. En regardant son joli visage, j'ai à nouveau envie d'elle. Je sais qu'elle est parfaite. Une idée désagréable me traverse l'esprit, que je la prépare pour un autre homme. Je me glisse sous les couvertures en fronçant les sourcils.

Beaucoup de choses ne jouent pas en notre faveur, pour Elisa et moi. Déjà, je suis son patron, et c'est contre la politique de mon entreprise. Il y a un risque de rumeurs, cruelles et violentes, qui pourraient lui nuire. Il y a mon passé, qui pourrait se révéler à tout moment, et qui risque de lui faire peur.

Je pourrais lui offrir le monde, si elle le voulait. Je lui ai déjà offert un appartement, pour elle et pour sa mère, mais je sens qu'Elisa n'est pas le genre de fille qui aimerait rester à la maison pendant que je travaille pour couvrir toutes ses dépenses. Elle a trop de fierté pour ça, et elle a travaillé dur toute sa vie pour s'élever de sa condition. C'est dans son sang.

Je ne compte plus le nombre de femmes qui m'ont supplié de les entretenir à genoux, alors que je n'étais pas impressionné. Pourquoi faut-il que je craque pour la seule qui soit aussi bornée ?

Je m'installe près d'elle, et je passe mon bras autour de ses épaules en commençant à m'endormir. On est samedi demain, et on pourra dormir tard, peut-être sortir de la ville et passer la journée ensemble. Personnellement, je serais heureux de passer la journée au lit, mais Elisa mérite de profiter de la vie après toutes ces années de dur travail. J'ai envie de lui faire découvrir une autre facette du monde.

Lorsque je me réveille le lendemain matin, je vois l'épais brouillard qui engobe la ville par la fenêtre. Elisa est collée contre moi, toute nue, et je sens mon corps réagir à sa proximité. J'ai envie de la prendre doucement, de glisser en elle au moment où elle ouvre les yeux. Mais je descends entre ses jambes et je les écarte, ce qui la fait gémir dans son sommeil. Je descends jusqu'à sa chatte, encore couverte des sécrétions de la veille. J'aime une fille souillée ainsi dès le matin. Je presse ma bouche contre elle et je la lèche doucement. « Hein ? » gémit Elisa en se pressant contre moi. Je lève les yeux vers elle, et je rencontre son regard. « J'avais peur que ça n'ait été qu'un rêve. » Je continue à la lécher, séparant ses lèvres pour trouver son clitoris gonflé de désir, que je me mets à taquiner. « Damon, c'est trop bon. » Je lèche et suçote, je la mordille pendant qu'elle me regarde.

Sans que je le lui demande, Elisa se retient de jouir, les yeux écarquillés et brillants, puis elle finit par crier en se contractant contre moi. « Mon élève apprend, » je remarque. Elle me fait un grand sourire. Elisa est magnifique, avec ses joues rosies par l'émotion. Elle se penche pour m'attirer contre elle.

« Oui. Viens-là, récompense-moi, » murmure-t-elle avant de m'embrasser, sentant son goût sur mes lèvres. Notre baiser est long et sensuel. Elle glousse alors que je me place entre ses cuisses et que je viens poser mon gland gonflé à l'entrée de sa fente. Je pousse, et son rire se mue en gémissement. Nous bougeons en rythme, lentement mais intensément, tous les deux cherchant à se faire jouir.

Je sais que je suis accro à cette femme. Je jouis en criant son nom, et je repousse au fond de mon esprit mes craintes que ça ne fonctionne pas entre nous. Notre situation est compliquée, mais je me débrouillerai pour que ça marche. « Est-ce que tu aimerais aller sur la côte aujourd'hui ? » je lui demande alors qu'elle regarde la vue par la fenêtre.

« J'ai peur qu'il fasse un peu froid, » me répond-elle doucement. Je lui souris. « Je n'ai pas d'autres vêtements que ceux que je portais hier.

On va aller t'acheter quelque chose, manger un morceau sur le chemin, et on prendra la route. J'ai envie de sortir de la ville. » Je la regarde, et elle hoche la tête en souriant. « Tu viens te doucher avec moi ? »

Ça nous prend un moment, parce que les choses dérapent sous l'eau chaude, et je me retrouve à nouveau en elle, je la presse contre le carrelage bleu alors qu'elle remonte ses jambes autour de ma taille. Ensuite, Elisa se sèche les cheveux avec une serviette, puis elle sort un tube de son sac et passe du produit dans ses mèches. « C'est de l'huile, » me dit-elle simplement en remarquant que je l'observe, peu habitué à ce genre d'intimité avec une femme. En général, je ne les vois plus une fois que j'ai enlevé ma capote, et je ne les amène jamais chez moi. Très peu de femmes ont vu cette facette de ma vie, ou ma chambre. Elisa range le tube, et me demande si j'ai une brosse à dent pour elle. Lorsque je lui en tends une dans son emballage, elle penche la tête. « J'espère que tu n'en as pas tout un stock.

J'en achète plusieurs à la fois. Personne d'autre que moi ne les utilise, et toi maintenant, à moins que j'ai de la famille ou des amis en visite à la maison. »

Une fois sec, je sors de la salle de bain pour lui laisser un peu d'intimité, parce que je sens qu'elle n'est pas entièrement à l'aise. Toute cette matinée a été extrêmement intime entre nous, et je sais qu'elle n'en a pas l'habitude. Je pense qu'il faut qu'on se laisse un peu d'espace, si on a envie que ça dure. Je vais dans le dressing pour trouver des vêtements pour la journée. Je choisis un jean et un sweater gris, que je compte compléter avec une veste chaude. L'idée n'est pas forcément d'aller sur la plage, mais surtout de prendre la voiture et de rouler, de s'échapper un peu. Je connais de très bons restaurants sur la côte, ainsi que des boutiques qui devraient plaire à Elisa.

Je suis en train de mettre mes chaussures lorsque Elisa sort de la salle de bain, vêtue des mêmes habits que la veille. J'adore savoir que sa culotte est tachée de ma semence suite à nos activités. Je pense à autre chose avant de redevenir dur, et je vais trouver une veste chaude pour elle.

Je l'emmène jusqu'à ma Range Rover et je lui ouvre la portière avant de monter et de prendre la direction de l'autoroute. Nous nous arrêtons dans une boutique, dont le nom la fait renâcler, et après que j'insiste un peu, elle finit par me laisser lui acheter un jean, un Damart, un sweater et des chaussures chaudes, pour être certain qu'elle n'ait pas froid. « Tu fais trop de choses pour moi, » proteste Elisa alors que nous nous dirigeons vers les toilettes de la boutique pour qu'elle puisse se changer.

« Ça me fait plaisir, Elisa. Je suis content de pouvoir le faire, » je lui rappelle. Une fois dans la voiture, nous sortons de la ville, et au bout d'un moment je trouve un petit snack discret sur l'autoroute. Nous sommes tous les deux affamés, et nous buvons du café en mangeant du bacon et des œufs. Je l'observe pendant qu'elle mange, et je lui demande ce qu'elle aime faire lorsqu'elle voyage. Elle rit doucement en admettant que ça ne lui est pas arrivé souvent. Elle me demande si j'ai beaucoup voyagé, et je me sens coupable de répondre que j'ai voyagé à travers le monde. J'espère pouvoir lui montrer un jour mes endroits préférés.

Nous reprenons la route en direction de Cape Cod. Je sais qu'il y a plein de choses à faire là-bas même s'il fait mauvais, et je l'observe en coin pendant que je roule. Elle semble se détendre de plus en plus depuis le petit-déjeuner, et j'en suis heureux. Elisa est encore plus belle lorsqu'elle sourit. Elle a besoin de se détendre davantage. Nous sommes presque arrivés, et elle observe la vue de l'océan et des plages de sable, et le soleil qui pointe à travers les nuages. « On peut peut-être se promener un peu ? » me demande-t-elle, et j'acquiesce en souriant.

Je gare la voiture et nous sortons pour marcher le long de la plage. Les vagues sont puissantes, et le vent est froid. Je remonte la fermeture éclair de ma veste, et je l'arrête pour faire de même avec la sienne. « Tu n'as pas trop froid ? J'aurais dû nous acheter des bonnets. Je n'y ai pas pensé.

Tu n'as pas souvent de copine, n'est-ce pas ? Je veux dire, des relations de ce genre ? » Sa question me prend par surprise, et je la regarde un moment avant de hocher la tête.

« Pourquoi ? Tu es vraiment doué... Pour tout ça.

Ah oui ? Je ne sais pas. Pendant longtemps, je me suis concentré sur mon travail, et j'ai évité les relations amoureuses, mais... Je me sens à l'aise. Je pense que c'est davantage dû à toi qu'à la situation. »

Je me tourne pour regarder la mer, alors que des pensées tournent dans ma tête. Je sais que notre histoire avance à la vitesse de la lumière, entre l'appartement et le fait de passer nos nuits ensemble, et j'essaie d'y voir clair. J'ai visité le monde entier sans jamais avoir envie d'être accompagné, sinon pour une nuit et une baise. J'ai connu plusieurs filles avec qui je sortais pour faire la fête, ces dernières années, mais je n'étais jamais vraiment naturel avec elles, pas comme avec Elisa. Elle a vraiment quelque chose de spécial pour moi.

« Je trouve que tu es génial. Je n'ai aucune idée de pourquoi tu es avec moi, mais ça me convient, » me dit-elle en me regardant dans les yeux. « Moi aussi, je me demande ce que je suis en train de faire. Mais on va comprendre ça ensemble. »

Je lui prends la main, et après un long baiser, nous continuons à longer la plage, pendant que je lui parle des autres plages du coin qui me plaisent. Je lui montre des boutiques et des restaurants au loin, et elle sourit en regardant ce que je lui montre. Elle me fait penser à une petite fille le matin de Noël.

Cette pensée me noue l'estomac Je n'ai jamais pensé à me marier, ni à avoir des enfants avant. Je ne me suis concentré que sur mon entreprise, mais les choses sont en train de changer pour moi, et je suis incapable de faire machine arrière. Le problème, c'est que rester avec Elisa signifie pour elle de perdre sa chance d'obtenir son emploi de rêve, et de se construire un avenir réussi. Je ne veux pas la priver de son indépendance, et je sais aussi qu'elle ne supporterait pas d'être entretenue. Il doit y avoir un compromis, mais je ne sais pas lequel, sinon de se cacher pendant la semaine. Je ne pense pas que je serai capable de le faire pendant longtemps, après avoir connu la sensation d'être avec Elisa en plein air, à rire en se tenant par la main.

Nous passons plusieurs heures sur la plage, et Elisa ramasse quelques coquillages. Nous restons jusqu'à ce que nous soyons tous les deux frigorifiés. Nous rentrons dans la voiture et j'allume le chauffage pour nous réchauffer. Nous prenons la route vers un café. J'entends Elisa claquer des dents à côté de moi. « Ça ne se réchauffe pas assez vite ? » je lui demande, mécontent sachant toutes les options que possède cette voiture.

« Je pense que c'est la différence de température, Damon. Ça va aller. » Je lui souris, et je m'arrête dans un drive-in pour commander deux cafés. Nous restons dans la voiture avec le moteur allumé pour nous tenir chaud. Nous regardons la lumière de la fin d'après-midi et les nuages s'amonceler dans le ciel en sirotant nos boissons.

« Tu veux aller faire un tour dans les boutiques ? » je lui demande lorsqu'elle termine son café. Elle hoche la tête en souriant. Nous sommes restés un moment dans la voiture, et il ne nous reste plus beaucoup de temps. Je me gare en centre-ville, et je la laisse choisir où nous allons. J'apprends qu'elle aime beaucoup l'art, même si elle pense qu'elle n'a pas le niveau pour peindre. J'apprends qu'elle a une collection basée sur la lune depuis toute petite, et que sa grand-mère lui a appris à faire des vœux en regardant celle dans le ciel, plutôt qu'en observant les étoiles filantes. Elisa est très expressive lorsqu'elle oublie sa contenance. Nous faisons le tour de plusieurs boutiques, et j'essaie de me souvenir de ce qu'elle a préféré dans chacune.

Elle insiste pour faire quelques achats avec son propre argent, et elle se serre contre moi, ses sacs dans les bras. « Je ne pourrais pas faire ça sans toi, Damon. Tu m'aides tellement. » Elisa regarde un instant autour de nous puis elle se dresse sur la pointe des pieds pour m'embrasser. J'entends les femmes dans la boutique qui m'ont regardé en coin tout l'après-midi murmurer. « Merci. Je te suis vraiment reconnaissante. »

Avec mes vêtements, de la plus grande qualité, on pourrait penser que je suis mieux assorti à ces femmes. J'ai toujours évolué dans la richesse, mais à cet instant, je me dis que je serais prêt à abandonner tout ça pour une vie simple avec Elisa. Elle aussi est vêtue de vêtements de qualité, que nous avons achetés ensemble, mais elle est surtout jeune et magnifique, avec un visage sincère et souriant. Elle ne fera jamais partie de ce monde de luxe. « C'est un plaisir de te voir sourire, Elisa. » Elle rougit et détourne le regard. Nous quittons la boutique, et je n'adresse pas un seul regard aux femmes qui nous entourent alors que nous passons la porte.

Aucune n'arrive à la cheville d'Elisa.

26

ELISA

Cette journée a été magique. Je finis par admettre que j'ai un peu faim, et Damon m'emmène dans un restaurant magnifique, qui doit donner sur une très belle vue de l'océan en journée. C'est un restaurant de fruits de mer très select et élégant. Je me sens mal habillée pour l'occasion alors que nous suivons l'hôtesse vers une table, mais Damon marche la tête haute, avec cette assurance qui ne le quitte jamais. On nous présente une table ronde et intime près de la fenêtre, à côté d'une grande cheminée. Damon commande du vin lorsqu'un serveur vient nous proposer des boissons.

Je ne mange jamais dans ce genre d'établissements. Pour ma mère et moi, aller à Burger King est déjà un luxe, et cette expérience dépasse tout ce que je pouvais imaginer. Quand je repense à cette journée, je n'en reviens toujours pas. Cela me semble surréaliste ; je n'aurais jamais pu imaginer vivre ces expériences avec un homme un jour. Et y prendre autant de plaisir. Je n'aurais jamais imaginé manger dans un restaurant aussi luxueux avec un homme aussi beau que Damon, et je ne sais pas si j'arriverai un jour à m'y faire.

Je ne pense pas être assez bien pour lui.

On nous apporte du vin, et j'observe Damon le goûter, un peu intimidée. Je le goûte lorsqu'il approuve la bouteille, et le trouve délicieux. J'ouvre le menu avec hésitation. J'adore les fruits de mer, mais je ne m'y connais pas beaucoup, et je demande conseil à Damon. Il me suggère de choisir un plat à base de crevettes ou de crabe, et je rougis en sélectionnant un plateau qui propose les deux. Les prix ne sont pas indiqués sur mon menu, et je pense que chaque plat est hors de prix. J'essaie de ne pas trop y penser. Damon a de l'argent, il aime le dépenser, et je dois apprendre à être à l'aise avec ça.

La nourriture est délicieuse. J'ai un peu de mal à ouvrir les pinces de crabe, mais mes efforts sont récompensés lorsque je goûte la chair tendre et fondante. « C'est délicieux, » je m'exclame. Damon me regarde tendrement en souriant. Il me propose une bouchée de son steak, et en goûtant la viande, je ne peux m'empêcher de fermer les yeux et de pousser un petit gémissement de plaisir, ce qui fait briller les yeux de Damon. Les crevettes ont été cuites dans du beurre et de l'ail, et sont également un régal. Je mange de tout en me délectant, tout en buvant des gorgées de vin.

Lorsque je repose enfin la fourchette, je suis repue et un peu fatiguée. Le ciel est saturé d'étoiles, et on voit le croissant de lune se refléter sur l'océan. J'ai envie de passer la nuit ici et de me réveiller dans les bras de Damon. Je me mords la lèvre en me demandant si je peux lui proposer l'idée. Je pourrai encore porter les mêmes vêtements demain, puisqu'ils sont neufs.

Demain.

Que ferons-nous demain ? Lorsqu'il me déposera chez moi, notre histoire sera-t-elle terminée ? Je sais que je dois annoncer à mes colocataires que je vais déménager, puisque j'ai accepté l'appartement, mais je n'en veux pas sans Damon. Je me sens égoïste, alors que nous marchons vers la voiture. Il m'ouvre la portière.

« Tu as déjà passé la nuit ici ? » je demande doucement.

« Oui, quelques fois. C'est un endroit idéal pour passer un week-end, » me répond-il en montant dans la voiture. « Pourquoi, tu aimerais rester ici cette nuit ?

Nous n'avons pas pris de vêtements de rechange. On n'est pas obligés, » je lui réponds en pensant à l'argent qui me reste sur mon compte et en essayant de calculer ce que je peux me permettre.

« On va dormir nus, les vêtements ne seront pas un problème. On pourra remettre les mêmes habits demain et s'arrêter pour acheter les affaires de toilette dont tu as besoin. Je connais une très jolie auberge avec une vue superbe sur le lever de soleil, le matin. On pourrait se renseigner pour savoir s'ils ont des chambres libres. Ce sera un séjour rapide, mais on pourra quand même en profiter. » Damon sort son portable de la poche de sa veste et compose un numéro. Il discute un moment au téléphone, et réserve une chambre avant de démarrer la voiture.

Avant d'aller à l'auberge, nous nous arrêtons dans une boutique et j'achète quelques produits pour avoir l'air humaine le lendemain. L'auberge s'appelle l'Agneau et le Lion. Damon m'explique que c'est une auberge qui fait aussi hôtel, et regrette qu'on ne reste pas plus longtemps pour pouvoir profiter de tout ce que l'établissement propose.

Nous allons nous présenter à l'accueil, et une jeune femme nous guide jusqu'à notre chambre. Je ne peux m'empêcher de pousser un petit cri lorsque je la découvre. Elle comporte une cheminée, une grande baignoire dans une salle de bain spacieuse, et un énorme lit. C'est magnifique. Je m'approche de la fenêtre, et malgré l'obscurité je vois les vagues de l'océan, ce qui me fait sourire. Demain, la vue sera fantastique. « Combien coûte la chambre ? Je veux partager les frais, » je demande à Damon en souriant.

« Partager les frais ? » Il s'approche de moi en levant les yeux au ciel. « Tu as encore un mois de loyer à payer, Elisa. Ne t'inquiète pas pour ça, c'est pour moi.

Est-ce que tu vas toujours payer pour tout ? » je lui demande en fronçant les sourcils.

« Viens, allons nous détendre dans un bain chaud. Je vais allumer un feu, » propose Damon, visiblement blessé par ma question. Il va chercher des bûches sur la terrasse et il allume la cheminée pendant que je fais couler l'eau pour le bain, en ajoutant un peu de bain moussant à la lavande. Je n'en mets pas trop parce que je ne sais pas si ça lui plaît. J'apprécie l'odeur qui embaume la pièce. « Si seulement ils fabriquaient des bains moussants avec ton odeur. J'y suis vraiment accro. » Je me tourne vers Damon, qui me sourit. « Ce n'est pas une compétition entre nous, Elisa. J'aime te gâter.

Je crois que j'ai juste envie de participer. Je n'ai pas l'habitude qu'on s'occupe de moi.

Attendons que tu sois installée dans ton nouvel appartement, et on verra comment les choses se passent, » me dit-il d'une voix douce en me retirant ma veste. « Pour l'instant, profitons de cet endroit pour se détendre. » Il me déshabille et plie mes vêtements avant d'entrer dans la baignoire, nu. Je rougis un peu lorsqu'il se glisse dans l'eau chaude, en poussant un soupir de contentement. « Viens avec moi. »

Je rentre dans l'eau, en sentant son regard brûlant sur mon corps. Je me cale contre lui et Damon m'embrasse le cou, en me disant que je suis magnifique. « Merci, » je réponds en fermant les yeux, laissant l'eau chaude détendre mon corps.

« Que fera-t-on lundi ? » je lui demande, apaisée sous la lumière tamisée des bougies que j'ai allumées pendant que je faisais couler le bain.

« Nous allons travailler, et garder ceci pour nous. J'avoue que ça ne sera pas facile, mais c'est notre seule solution pour le moment. Je veux continuer à te fréquenter, Elisa. » Je lui souris, et je respire l'odeur délicieuse du bain. « Je veux que tu me laisses continuer à te gâter.

Je sais. J'essaie, » j'avoue, alors que ses mains glissent le long de mon corps. « Je me suis toujours débrouillée seule, Damon. J'ai peur de m'y habituer. Et le fait que l'on travaille ensemble... ça me fait peur.

Notre histoire restera entre nous, et personne ne sera au courant au bureau. De toute manière, je n'ai pas l'habitude de parler de ma vie privée. On peut rester chez moi le soir, et ne pas sortir. Peut-être que tu pourrais trouver un poste dans une autre entreprise, ou dans une de nos succursales, et on pourra être officiellement ensemble. Je connais beaucoup de monde. »

Je sens une larme rouler sur ma joue. En ce moment, j'ai déjà le job de mes rêves, et je sais que je l'ai mérité grâce à mon travail. Damon m'a raconté qu'il a essayé de décourager ses collègues de m'embaucher, et qu'ils ont insisté. Je ne veux pas devoir mon poste à l'influence de Damon, et à cet instant, je n'ai même pas envie de l'appartement. Je n'avais jamais beaucoup réfléchi à l'amour auparavant, et même si je suis vraiment en train de m'attacher à Damon, je n'ai pas envie de laisser tomber mes rêves pour lui. Pas encore. « Peut-être que je pourrais juste continuer à travailler avec mon équipe, et on pourrait rester loin l'un de l'autre. Nous pourrions dire que tu n'avais plus besoin de moi.

Est-ce que tu cherches à t'éloigner de moi ? » me demande Damon. Je secoue lentement la tête.

« C'est juste une idée, Damon. Ça attirerait moins l'attention sur nous.

Je n'ai pas envie de ne pas te voir au bureau. Ce sont les meilleurs moments de ma semaine. » Je lui fais un faible sourire.

« On aura l'occasion de se voir en dehors du travail. J'ai juste l'impression d'avoir besoin de m'extraire du regard de nos collègues. Je ne sais pas. » Je bafouille, et il me prend dans ses bras.

« Arrête de t'inquiéter, Elisa. Détends-toi. » J'entends de la douleur dans sa voix alors qu'il me caresse le bras pour m'apaiser.

J'arrête de parler, et j'essaie de me détendre dans l'eau chaude parfumée à la lavande. Je sais qu'il a allumé un feu dans l'autre pièce, près de l'immense lit que je compte bien utiliser. J'ai envie de sentir Damon sur moi, en moi, dans toutes les positions imaginables. Et pourtant, je me vois en train d'essayer de gâcher notre histoire.

Je me sens un peu mieux après le bain. Je me sèche et je passe un peignoir moelleux pendu à la porte de la salle de bain. Je passe dans la chambre et je suis accueillie par le bruit des bûches qui crépitent. Je m'installe dans le grand lit douillet. Peut-être que je suis bête de m'inquiéter pour tout ça. Après tout, c'est une existence merveilleuse.

Damon s'approche de moi et me prend la main. « J'ai rarement eu à essayer de garder une femme dans ma vie, mais je veux que tu saches à quel point je veux te rendre heureuse. Je veux te voir sourire, être joyeuse, et je veux que tu te donnes à moi. » Il m'allonge doucement sur le lit et me regarde longuement dans les yeux avant de m'embrasser. Damon détache mes cheveux et les étend sur le lit, et je me retiens de grimacer en imaginant dans quel état ils sont. J'oublie tous mes doutes lorsqu'il écarte les pans de mon peignoir.

Avec adoration, Damon embrasse chaque centimètre de mon corps, que je sens devenir brûlant. Je sens son membre dur pressé contre moi alors qu'il prend un de mes tétons dans sa bouche. « Damon, je te veux. » Ses mains glissent entre mes jambes, me touchant enfin là où j'en ai le plus envie, et je pousse un cri de plaisir.

Il retire son peignoir et plonge en moi, et je gémis. « Laisse-toi aller, Elisa. Ne te retiens pas... Pas ce soir. » Il me pénètre lentement et profondément, et je m'oublie dans ses mouvements. Je bouge avec lui, et je l'attire plus près avec mes jambes et mes bras, impatiente de jouir contre lui. « Ma belle, c'est tellement bon. Je ne veux pas te perdre, » murmure-t-il, et je le sens se raidir en moi, sur le point de jouir.

Nous crions en chœur alors que l'orgasme nous submerge en même temps. Il s'allonge à côté de moi pendant que je regarde les flammes. Je ne ressentirai jamais rien d'aussi bon. Aucun homme ne me fera jamais me sentir à ce point complète. Je bâille alors que la fatigue de la journée me gagne, et je nous recouvre avec les couvertures. « J'ai l'impression qu'on devrait rester réveillés, pour en profiter encore, » je murmure en luttant contre mes paupières lourdes.

« C'est idiot. On a eu une longue journée, et nous sommes tous les deux fatigués. Tant que tu es près de moi, je suis heureux. » Je me blottis contre Damon, et je m'endors entourée de sa chaleur en écoutant le bois craquer dans la cheminée.

Lorsque je me réveille, j'ai un instant de panique, ne sachant pas où je me trouve. Je regarde autour de moi et je sens Damon contre moi. Je caresse ses cheveux en repensant à la nuit dernière. Je me lève et je tire le rideau pour regarder la vue, en faisant attention à ne pas réveiller Damon. L'océan est tranquille, et le soleil s'apprête à se lever à l'horizon, teintant le ciel dans des tons de rouge et de orange. J'ai le souffle coupé par la beauté du paysage. J'entends qu'on m'appelle. « Viens voir. C'est magnifique. » Damon bâille et s'approche de la fenêtre. Il me prend dans ses bras et nous regardons le soleil se lever ensemble. « C'est incroyable. »

Lorsque le soleil est haut dans le ciel, Damon me ramène dans le lit. Nous nous embrassons sous les draps et il caresse mon corps. « J'adore te faire l'amour. Je veux te goûter et te sentir encore, qu'on s'endorme ensuite et qu'on quitte la chambre au dernier moment.

J'aime cette idée, » je murmure alors qu'il descend le long de mon ventre jusqu'à se trouver entre mes jambes.

Je découvre le plaisir d'un orgasme au réveil, dans la chambre inondée par la lumière matinale. Ensuite je le prends en moi et je crie son nom alors qu'il me baise deux fois.

Nous nous endormons quelques heures dans les bras l'un de l'autre, puis nous faisons à nouveau l'amour. Je ne veux jamais quitter cette chambre, cet endroit à part du temps pour nous. Ici, j'oublie le bureau, et Boston. Je finis par aller me doucher dans la spacieuse salle de bain, et il me rejoint. Je me lave aussi les cheveux pour essayer de les coiffer. Je les laisse sécher naturellement en me passant de la crème sur le visage. Nous nous habillons en silence, et nous regardons la chambre un moment avant de descendre rendre la clé. Je vais boire un café dans le petit snack en attendant qu'il règle et me rejoigne. Lorsqu'il vient s'asseoir près de moi, il me demande : « Tu veux manger ici, ou plutôt en ville ?

Qu'est-ce que tu préfères ? » je lui demande à mon tour, en regardant les vagues par la fenêtre.

« Je connais un restaurant très sympa dans le coin. La nourriture est délicieuse, avec une belle vue sur l'océan. Ça te dirait ? » Je hoche la tête, et il me prend la main jusqu'à la voiture. Il m'ouvre la portière, et je m'installe. Damon a raison. Le restaurant est petit, mais très élégant, et tous les plats ont l'air délicieux. Nous mangeons tous les deux en silence, pendant que j'admire la vue par les grandes baies vitrées. Après le repas, nous allons nous promener un peu dans la ville, puis en début d'après-midi, nous reprenons la route vers Boston. Installée confortablement sur les sièges en cuir, je sens que je pourrais m'endormir, bercée par la musique de la radio.

Nous arrivons trop vite à Boston, et je sens qu'il me regarde. « Tu veux rentrer chez toi, ou on va chez moi ?

Je suppose que je pourrais parler à mes colocataires, » je réponds doucement. Il me fait un grand sourire.

« Tu acceptes l'appartement ?

Oui, mais j'aimerais qu'on convienne d'un loyer, » je le préviens.

« Quand penses-tu emménager ? » me demande-t-il en m'ignorant. Je hausse les épaules. Je pense que mes colocataires seront pressées de me remplacer, une fois que je leur aurai appris la nouvelle. Damon se gare devant l'entrée de mon immeuble délabré, et je suis déjà nostalgique de notre escapade.

« Merci pour tout, » je murmure en me tournant vers lui. J'ai insisté pour payer notre petit-déjeuner ce matin, même s'il a protesté, mais en comparaison avec tout ce qu'il fait pour moi, ça me semble ridicule. « Est-ce que je te verrai demain ?

Oui, tu travailles avec moi. Je ferai mon possible pour ne pas trop te tripoter, » me promet-il avant de se pencher pour m'embrasser.

Être vue dans sa voiture représente un risque, et un simple baiser pourrait suffire à déclencher des rumeurs.

« Alors à demain. Merci encore, » je répète en descendant de la voiture, mes sacs d'emplettes sous le bras. En montant les marches jusqu'à l'appartement, j'imagine celui où je vivrai bientôt, magnifique et propre.

Et à moi.

Je passe la porte, et je découvre le salon vide. Je vais dans ma chambre minuscule, où je trouve Melody en train de réviser. « Salut. » Elle lève la tête et me salue, l'air fatiguée. « Où sont les autres ?

Tu sais bien que je suis tout le temps planquée ici. Je n'en ai aucune idée. Pourquoi ? » me demande-t-elle, avec de la curiosité dans ses yeux verts.

« J'ai trouvé un autre appartement. Je pourrai y vivre seule. Je voulais annoncer la nouvelle à tout le monde en même temps. » Melody se passe la main dans les cheveux, l'air jalouse. Un instant, j'ai envie de laisser un chèque et de partir dès ce soir, de courir retrouver Damon. Je finis par poser mes affaires sur le lit.

« Je suis jalouse. J'adorerais pouvoir vivre seule. Comment l'as-tu trouvé ? » me demande Melody. Je lui souris.

« Grâce à un ami, au bureau. » J'enlève ma veste, mais je garde le Damart, parce qu'il fait assez froid chez nous. Nous discutons un peu des cours, puis je me mets au lit, mes écouteurs sur les oreilles. J'ai gardé mon t-shirt, parce qu'il sent un peu comme Damon.

Le lendemain, j'ai un cours le matin. Je me lève et je remets mon jean neuf en souriant, ajoutant un sweater avant de partir à l'université. J'achète un café et je le sirote en m'installant à ma place. J'ai trois heures de cours aujourd'hui avant de repasser me changer chez moi pour aller au bureau. J'espère que tout le monde sera à l'appartement ce soir, et que je pourrai leur annoncer que je déménage.

Lorsque je sors de mon appartement, je remarque une voiture familière garée sur le trottoir. Mark en sort, un sourire aux lèvres. « Il voulait que je passe vous chercher pour vous emmener au bureau.

Oh. Merci. » Je le laisse m'ouvrir ma portière, et je me glisse à l'intérieur en rougissant un peu.

Je me passe la langue sur les lèvres. « Est-ce qu'il agit ainsi avec beaucoup de monde ?

Damon est sélectif en ce qui concerne ses fréquentations, donc non. À vrai dire, je ne l'ai jamais vu se comporter ainsi avec quiconque avant vous. Je m'inquiète un peu... J'ai peur que quelqu'un finisse par souffrir.

Lui, ou moi ?

Les deux, » me répond Mark en roulant vers le bureau.

Il s'arrête non loin du bâtiment, et je lui dis de ne pas descendre m'ouvrir la porte. C'est déjà bien assez de me faire conduire par un chauffeur. Je lui souris avant de me mettre à marcher, vêtue d'une jupe noire simple, d'une chemise blanche et de mes nouvelles chaussures préférées. J'entends quelqu'un m'appeler dans mon dos. Je me retourne, et je vois Autumn s'approcher de moi, un sac à la main.

« Ouah, belle voiture. Tu as un chauffeur ? » me demande-t-elle. Je rougis, et je me force à rire.

« Non, bien sûr que non. C'est un ami à moi. Il m'a croisée sur la route, et il a proposé de m'emmener. C'est plus rapide qu'en bus, » je réponds en riant. Nous entrons dans l'immeuble ensemble.

« Comment s'est passé ton week-end ? » me demande-t-elle d'un ton amical. Je réalise que je ne peux rien lui raconter.

« Bien. Je n'ai rien fait de spécial. Je suis restée en ville. » Elle me raconte qu'elle est allée à un concert qu'elle a adoré. Je souris et je hoche la tête, même si mes pensées sont ailleurs. Nous prenons l'ascenseur ensemble, et je décide de rester un peu avec l'équipe, parce que je suis trop nerveuse pour retrouver Damon tout de suite. Autumn ouvre son sac et distribue des sandwichs à tout le monde, puis me propose de partager le sien avec moi. « J'ai mangé à la fac, je te remercie. »

27

DAMON

Je jette un œil à l'heure, et je vois qu'Elisa sera bientôt là. Elle m'a manqué la nuit dernière. Je soupire en entendant mon téléphone sonner. Je vois que c'est mon avocat, et je réponds en fronçant les sourcils. « James. Est-ce que tout va bien ?

Il y a des photos de toi avec une femme qui apparaissent sur plusieurs sites à scandales. Est-ce que tu souhaites que je prépare quelque chose ? » Je sens mon visage se mettre à chauffer.

« Merde. Elles ont été prises de près ? » Je fais une recherche sur mon ordinateur, et je les trouve rapidement. Je suis soulagé de voir qu'elles ont été prises lorsqu'on se promenait sur la plage, et qu'elles sont assez floues. Elisa a sa capuche remontée ; il est impossible de la reconnaître. Bien sûr, l'article mentionne l'auberge, et mon week-end romantique avec une mystérieuse jeune femme. Je gémis. J'ai du mal à croire qu'on ait échappé à des photos plus compromettantes, mais il semble que ce soit le cas. « Si on te pose la question, ce n'est rien de sérieux.

Bien sûr, » me répond James, et nous raccrochons.

Ce n'est pas la première fois qu'il y a un article sur moi sur un site de célébrités, ni que je suis photographié avec une femme, provoquant de nombreuses spéculations. Jusqu'alors, je ne m'en suis jamais soucié, mais il ne s'agissait pas d'une de mes employées. Je n'ai pas envie qu'Elisa souffre de mauvaise publicité, ce qui serait le cas si on découvrait son identité. Il y a de grandes chances pour que ça n'ait aucune conséquence pour moi, mais elle commence à peine sa carrière, et ça pourrait lui porter préjudice.

Quelques heures plus tard, elle tape doucement à la porte, et je l'invite à entrer. « Bonjour, » me dit Elisa. Elle s'assoit en léchant ses belles lèvres pleines. Elle est magnifique, vêtue simplement mais avec des habits qui mettent ses formes en valeur. Ses formes que j'ai bien appris à connaître au cours de ce week-end. « Comment vas-tu ?

Il faut que je te parle, » je commence, et je la vois pâlir. « Nous avons été pris en photo ce week-end, et elles sont sur Internet. On ne te reconnaît pas du tout dessus, mais je veux que tu sois au courant, au cas où quelqu'un t'en parlerait. » Elle devient blanche comme un linge, et je prends ses mains dans les miennes.

« Mark est passé me chercher aujourd'hui. Tu l'as envoyé. » J'acquiesce, sans comprendre le rapport. « Autumn m'a vue, et je lui ai fait croire que c'était un ami à moi. Et si elle voit les photos, et qu'elle fait le lien ? Ce n'est pas comme ça que ça devait se passer, Damon. C'est si récent entre nous.

J'ai un plan. Je vais demander à une amie de se montrer avec moi à différents endroits. Comme ça, tout le monde pensera que j'étais avec elle sur la plage et à l'auberge, et cette histoire sera oubliée. » Elisa plisse les yeux.

« Qui ça ? » demande-t-elle d'une petite voix. Je lui caresse la main.

« C'est simplement une amie, Elisa. Elle nous servira de couverture, » je lui promets. J'évite de lui dire que j'ai couché avec Brooke quelques fois après des soirées bien alcoolisées. C'est une vieille amie de la famille, et ça ne signifiait rien. Si je m'expose avec elle, ça fera couler de l'encre. Ça me paraît être la meilleure solution sur le moment. « C'est le moyen le plus rapide pour faire oublier cette histoire, avant que les paparazzis ne se mettent à fouiller.

Très bien. Fais ce que tu dois faire. » Je vois une expression étrange passer sur son visage, puis elle prend une profonde inspiration. « Que puis-je faire pour toi aujourd'hui, si le sujet est clos ?

Je n'ai pas réussi à travailler aujourd'hui. J'ai passé mon temps à penser à toi, » je lui dis en regardant la porte. « Va fermer à clé.

Non. On prend suffisamment de risques comme ça, Damon. Il faut qu'on travaille. »

Je la vois s'éloigner de moi à regret. Je me tourne vers mon ordinateur et j'envoie un e-mail à James en lui demandant de faire une réservation dans un restaurant en vue et de prévenir Brooke, pour que je la retrouve là-bas et qu'on mette mon plan à exécution.

« Comment ça s'est passé hier soir ? Est-ce que tu as annoncé la nouvelle à tes colocataires ? » Elle secoue la tête. « Pourquoi ?

Nous sommes rarement toutes à la maison en même temps. Je pensais réessayer ce soir. Si tu en as toujours envie ? » Je la regarde un moment sans rien dire.

« Bien sûr. L'appartement est à toi. » Je toussote. « On peut se retrouver chez moi plus tard. J'enverrai Mark te chercher.

Ce n'est pas une bonne idée. Je pense qu'on ferait mieux de rester à distance pour le moment, pour que tu puisses... faire ce que tu dois faire avec ta "couverture," » me dit Elisa en passant une main dans ses cheveux. « Je vais retourner auprès de l'équipe. Je sens qu'on ne va pas arriver à travailler ensemble aujourd'hui. »

Elle se lève et quitte la pièce, me laissant seul, sous le choc. Je la regarde fermer la porte. J'ai envie de lui ordonner de revenir, de faire tout le nécessaire pour qu'elle m'obéisse alors que je sens ma queue durcir dans mon pantalon. Je n'arrive pas à croire qu'elle soit partie.

Je me force à me retenir de l'appeler, et je me concentre sur les détails pour ce soir. Brooke et moi paraissons très bien assortis au yeux du public. C'est la fille d'un PDG richissime, et selon ces critères, c'est une fille bien pour moi. Elle est jolie, mais si je dois être sincère, le sexe entre nous n'était pas génial, et je ne me suis jamais vraiment senti attiré par elle. À l'époque, j'étais jeune, et j'avais tendance à coucher à droite et à gauche. Brooke était juste pratique. J'espère que notre intimité passée ne va pas interférer avec mes plans. J'ai besoin de résoudre rapidement ce problème.

Je reste dans mon bureau, même si je meurs d'envie d'aller trouver Elisa pour arranger la situation entre nous. Même si ce contexte est particulier, ce n'est pas la première fois que j'utilise cette technique pour mettre fin à une rumeur. Et j'ai besoin d'y mettre fin le plus rapidement possible.

Je me force à sortir déjeuner, simplement pour prendre l'air.

Mon téléphone vibre dans ma poche. C'est un message de Brooke qui me confirme qu'elle me retrouvera ce soir, et qu'elle se fera belle pour les photos. Je lève les yeux au ciel en replaçant mon téléphone dans ma poche. Je sais à quel point elle aime attirer l'attention. Je continue à marcher dans la rue et je vois soudain Elisa au loin, entourée de son équipe. Un homme lui parle, il se tient près d'elle, et je plisse les yeux lorsqu'il passe son bras sous le sien. Elisa se tourne vers lui avec un petit sourire surpris et se rapproche du groupe. Je les regarde entrer dans un café au coin de la rue.

J'oublie mon idée d'aller déjeuner, et je fais demi-tour pour retourner au bureau. Je meurs d'envie de toucher Elisa, et tout mon corps demande à rentrer dans le café pour la retrouver, mais le peu de logique qui me reste me souffle que ce serait une très mauvaise idée, et qu'il vaut mieux que je lui laisse un peu de temps. Je suis incapable de travailler, et je passe l'après-midi assis derrière mon bureau à boire du café, ce qui me rend encore plus nerveux.

Vers la fin de la journée, j'envoie un message à Elisa, dans lequel je lui dis qu'elle me manque. Je lui promets que tout va bien se passer, et qu'on pourra bientôt être ensemble, mais elle me répond simplement de faire ce que je dois faire. Je ne sais pas si elle a déjà fini sa journée, ni même ce qu'elle fait ce soir.

Je rentre chez moi pour me préparer pour le repas de ce soir. Après tout, c'est l'un des meilleurs restaurants de la ville. Mark s'arrête pour prendre Brooke sur le chemin. Je lui jette un coup d'œil lorsqu'elle monte dans la voiture, et je vois qu'elle est habillée de manière très sexy pour la soirée. Je détourne le regard. « Oh, oh, quelqu'un est de mauvaise humeur. Qu'est-ce qui t'arrive ? » me demande-t-elle en se rapprochant. L'air dans la voiture est saturé par l'odeur puissante de son parfum, me donnant légèrement la nausée.

« Rien. J'ai juste besoin que les paparazzis me foutent la paix. Tu connais le topo. » Je me tends en sentant ses mains glisser sur mes épaules.

« Oui, et je sais aussi comment ça a fini entre nous les fois précédentes. Je n'ai jamais connu un autre homme comme toi, Damon. J'ai envie qu'on passe un bon moment ensemble. » Elle pose la main sur mon bras et se colle contre moi, pendant que je regarde par la fenêtre si nous sommes encore loin. Cette soirée va être une torture.

Je me force à faire mon plus beau sourire pour les caméras lorsque nous sortons de la voiture, et je prends la main de Brooke, qui jubile. Je sais qu'elle fait partie de ces personnes qui adorent l'attention médiatique, ce genre de personnes que je ne connais que trop bien. Nous montons les marches du restaurant en jouant notre rôle, celui d'un couple. Je ne sais plus trop où j'en suis, j'ai envie de niquer depuis cet après-midi. Des journalistes nous interpellent, ils veulent savoir si elle est la femme qui était avec moi sur la plage, et Brooke leur fait un petit clin d'œil coquin. Elle a récemment teint ses cheveux en un brun caramel qui pourrait passer pour la couleur d'Elisa. Je suppose qu'il est facile de confondre les deux, les photos ayant été prises de loin. Je garde la tête haute et je souris en entrant dans le lobby, sentant Brooke se rapprocher de moi à chaque pas. Nous nous installons à une table isolée, intime, et elle me prend la main au-dessus de la table. Je me retiens de grincer des dents. « Qui est la fille de la plage ? » me demande-t-elle dans un murmure, alors qu'une serveuse s'approche pour prendre notre commande de boissons. Brooke demande un verre de vin, et je commande un double whisky. Brooke me regarde avec des yeux brillants. « Alors, l'homme qui ne ressentait aucune émotion a changé ? Pauvre Damon. » Sa main glisse sur ma cuisse, ce qui me fait sursauter.

« Tu es là pour les journalistes ce soir. C'est tout, » je lui dis à voix basse. On nous apporte nos boissons, et je remercie le serveur en souriant. Je lui dis que nous serons bientôt prêts à commander et j'ouvre le menu. Je m'en veux de sentir mon corps réagir au toucher d'une femme, alors que je n'en désire vraiment qu'une seule. « Profite du repas gratuit et de l'attention, Brooke. C'est tout ce que tu auras ce soir. » Je la regarde froidement. « Tu dois te sentir seule depuis que Ben t'a larguée. » Je sais qu'ils viennent de rompre leurs fiançailles. Ben est un mec bien, que je connais par ma famille. Je pensais que c'était sérieux entre eux, mais apparemment il a surpris Brooke avec un autre homme, et leur histoire s'est mal terminée. « Dommage, tu t'es mal débrouillée. Peut-être que ça se passerait mieux pour toi si tu arrêtais de te comporter comme une salope désespérée.

Va te faire foutre. C'est toi qui m'a appelée, Damon, ou qui m'a fait appeler par ton avocat. C'est toi qui a voulu que je sois là ce soir. » Son ton est glacial.

Je lutte contre mon agacement, en me répétant que ce n'est que pour quelques heures. Je souris et je fais mine de trinquer avec elle, puis nous lisons le même menu ensemble. Je sais que les journalistes sont en train de prendre des photos derrière la vitre, et j'ai besoin qu'elles soient convaincantes. Nous restons deux heures au restaurant, et je me force à manger en souriant et en flirtant avec elle. Lorsque nous quittons l'établissement, il y a toujours autant de paparazzis qui nous posent des questions au milieu des crépitements des flashs. Dans la voiture, je demande à Mark de me déposer devant mon entrée privée avant de repartir pour ramener Brooke chez elle. Une fois arrivés devant chez moi, elle me regarde sortir de la voiture avec stupéfaction. « C'est tout ?

On verra si ça a marché dans la semaine. James te contactera si on a besoin de recommencer. » Je ferme la portière.

Ce n'est pas la première fois qu'elle me rend ce genre de service, et je ne comprends pas pourquoi elle me regarde avec autant d'insatisfaction. Est-ce qu'elle voulait à ce point que je la baise ? Je meurs d'envie de niquer, mais je n'ai envie que d'Elisa. Je regarde la voiture redémarrer et s'éloigner.

Je rentre chez moi, et je sens le poids du silence qui règne dans l'appartement vide. Je sors mon téléphone pour appeler Elisa, mais celui que je lui ai fourni est éteint. J'ai envie de jeter mon iPhone à travers la pièce. Je le pose brutalement sur le canapé et je vais prendre une douche, et je me branle comme un dératé en repensant aux fois où nous avons fait l'amour. J'éjacule longuement sur le carrelage, et ça m'attriste parce que je l'ai aussi baisée ici. Lorsqu'il n'y a plus d'eau chaude, je sors de la douche et je me sèche. Je passe un short avant de retourner dans le salon voir si mon plan a fonctionné.

Une par une, les photos apparaissent en ligne, et je me sens mal en découvrant à quel point elles sont convaincantes. Dans un monde parallèle, Brooke et moi ferions un couple parfait, mais pas dans ma réalité. J'espère simplement que ça fonctionnera et que les rumeurs se concentreront sur nous, pour que je puisse revoir Elisa librement. Je vais chercher une bouteille de whisky dans la cuisine.

Lorsque mon réveil sonne, je me réveille sur le canapé. Je regarde autour de moi en clignant des yeux. Merde, on n'est que mardi. Il faut que j'aille au bureau, mais je me sens au trente-sixième dessous. Dans cet état, comment puis-je être productif ? J'envoie un message à mes managers en leur disant que j'ai attrapé un virus et que je reste chez moi. Il vaut mieux que je me rendorme et que je lutte contre mon envie d'aller supplier Elisa de me parler. Je me traîne jusqu'au lit sans lire le message que je reçois en réponse. Je laisse mon téléphone sur le canapé.

Je dors quelques heures, en me retournant constamment. Je me réveille la tête pleine de mauvais rêves. Je déteste le fait que je puisse encore sentir Elisa dans ma chambre, et je me maudis de l'avoir faite venir chez moi. Je me demande aussi si j'oserais jamais laver les draps, et j'inspire profondément dans l'oreiller pour me gorger de son essence.

Je finis par retourner dans le salon pour commander de la nourriture, et je vais regarder quelques sites à scandales. Les rumeurs ont pris le tour que je souhaitais, et la spéculation va bon train. Je lis des rumeurs disant que Brooke et moi nous sommes remis ensemble après la fin de son histoire plus tôt cette année, et qu'elle est la femme qui m'accompagnait sur la plage, au cours d'un week-end romantique. Je suis content que ma stratégie fonctionne, même si rien n'est vrai.

Je vois aussi que j'ai reçu un message d'Elisa, me demandant si je vais bien. Elle a entendu dire que j'étais malade. Je secoue la tête en lisant son message. Je lui réponds qu'elle me manque et que c'est ça qui me rend malade, en plus d'une gueule de bois, sachant qu'elle ne répétera pas l'information. Je lui dis que j'ai détesté la nuit précédente. J'ai conscience que je m'épanche, mais j'ai le bon sens de cesser lorsque je ne reçois pas de réponse. Je n'ai pas envie de perdre la dignité qui me reste, alors je mange et je retourne me coucher.

Le lendemain, je commence ma journée par mon jogging habituel. Je vais reprendre ma vie aussi normalement que possible et croiser les doigts pour que les choses se passent comme je le souhaite.

28

ELISA

Tout ce qui compose le monde dans lequel évolue Damon me paraît être une farce. J'étais choquée lorsqu'il a parlé d'utiliser une couverture pour détourner les rumeurs. Une couverture ? Il va dîner avec une femme, qu'il ait vraiment des sentiments pour elle ou non. Pire, ils doivent se comporter comme s'ils étaient ensemble pour les paparazzis. J'ai entendu parler de ce genre de procédés dans le monde d'Hollywood, sans me douter que c'était aussi le cas dans le monde des affaires. J'arrive à passer la journée de travail en me concentrant sur le projet de mon équipe, après leur avoir assuré que j'étais libre de travailler avec eux aujourd'hui. J'ai ri avec eux, et même accepté qu'on aille dîner tous ensemble.

Je me sens vraiment stupide lorsqu'une fois rentrée à la maison, je vais chercher les photos sur Internet. Non seulement j'en trouve de très convaincantes de ce dîner entre eux, mais aussi d'autres plus anciennes, d'autres occasions où Damon est sorti avec cette femme. Elle s'appelle Brooke, et elle est grande et magnifique. Elle respire la sexualité. C'est impossible qu'ils n'aient jamais couché ensemble.

Je trouve également les photos de nous, mais elles sont

prises de loin et assez floues. Je ne m'y reconnais pas moi-même, à part peut-être une prise en ville où je suis de dos, de plus près. Clairement, les paparazzis dans les petites villes sont moins agressifs qu'à Boston.

Brooke a des cheveux un peu comme les miens, avec une couleur similaire, et il est facile de la prendre pour moi. S'est-elle teint les cheveux exprès pour son rôle ? Tout ça me dépasse, et je réfléchis tout en passant les photos du repas en revue : Damon en train de rire, de lui tenir la main en entrant et en sortant du restaurant, de trinquer avec elle, et la pire de toute, la photo de lui en train de l'embrasser avant de monter dans la voiture. Faux ou pas, le baiser semble intense, et je sens mon estomac se retourner en regardant l'image.

Pourtant, lorsque mon équipe m'apprend qu'il reste chez lui parce qu'il est malade, je ne peux m'empêcher de lui envoyer un message. Peu importe ce que je ressens, j'ai envie qu'il soit heureux. Je m'en veux de faire un pas vers lui, et je décide de ne pas répondre au message que je reçois plus tard de sa part.

Je n'ai toujours pas parlé de l'appartement à mes colocataires, même si j'y pense constamment. Ce n'est pas seulement pour moi, c'est aussi pour ma mère. Elle aurait un meilleur endroit où vivre. Pour le moment, je vivrai avec elle et je trouverai bien un moyen de payer un loyer. Que ma mère soit heureuse est ma plus grande priorité, et cumuler mes études, le stage et des petits boulots ne me fait pas peur si c'est un moyen pour qu'elle vive mieux.

Lorsque Melody me demande ce qui se passe, je lui dis que la situation a peut-être changé, avant de m'installer dans mon petit lit pour étudier. « Tant mieux pour moi. J'aime bien partager cette chambre avec toi, même si elle est aussi grande qu'un placard. » Je lui souris et lui dis que c'est réciproque. Je pense que nous sommes en train de devenir amies.

Normalement, mercredi je travaille avec Damon, mais j'y ai

bien réfléchi au cours de cette nuit sans sommeil. Je pourrais continuer mes études et le stage, et trouver un emploi à mi-temps pour pouvoir payer l'appartement. Ce serait un rythme frénétique, mais de nombreux étudiants le font tous les jours. Et puis, j'aurai bientôt mon diplôme, et je pourrai prétendre à un bon poste. Les bourses que je reçois ne sont pas suffisantes pour assumer ma mère et moi financièrement.

J'ai décidé d'aller trouver Brent pour lui dire que je vais seulement continuer le stage. Je vais lui dire que c'est à cause de mes études, qui me prennent trop de temps, ou prétexter des problèmes familiaux. Après tout, ce n'est pas entièrement faux. Je vais préparer un e-mail pour Damon. J'ai vu que le café de ma librairie préférée propose un emploi pour les week-ends, et ça me motive. Je ne travaillerai pas suffisamment pour perdre mes bourses, et avec un peu de chance je gagnerai assez pour trouver un appartement décent pour ma mère et moi.

J'écris l'e-mail sur mon ordinateur, surprise de voir que la connexion fonctionne bien aujourd'hui. Le message est très professionnel, et il me semble que j'ai vraiment l'air déçue lorsque je prétexte un problème à la fac et que je demande à être remplacée. Je précise que je donnerai tous les codes d'accès à ma remplaçante, ainsi que le téléphone et l'iPad. Je ne veux plus rien avoir à faire avec ce poste. J'envoie le message avant de partir pour la fac. Après les cours, je repasse à l'appartement pour me changer, je passe une robe et je prends le bus pour aller au bureau. J'ai mon téléphone professionnel dans mon sac, éteint, puisque je compte rester avec l'équipe aujourd'hui. J'ai été très claire dans mon e-mail. Je monte dans l'ascenseur, vide pour une fois, et j'appuie sur le bouton pour mon étage. Pourtant, sans que je comprenne comment, l'ascenseur s'arrête à l'étage de Damon, et lorsque la porte s'ouvre, je ne vois que son regard bleu acier qui me fixe. Il me dit de le retrouver dans son bureau, et s'éloigne sans se retourner.

Il a reçu l'e-mail, c'est évident. Et c'est très clair qu'il est furieux. Je sais qu'il va me faire passer un mauvais moment une fois dans son bureau. Je passe ma langue sur mes lèvres et je marche calmement, comme si je me rendais simplement à mon poste. Personne ne semble faire attention à moi, et je frappe doucement à la porte de son bureau, l'estomac noué. Damon est assis derrière son bureau, et il me fixe durement, toute une panoplie d'émotions passant sur son visage. « Bordel, qu'est-ce que c'est que cet e-mail ? » me demande-t-il. Je reste silencieuse, ne sachant pas quoi répondre. « Est-ce que tu comptes faire comme si tu ne me connaissais pas, alors que je pense à toi chaque seconde de chaque putain de jour, Elisa ? Est-ce que tu comptes faire comme si on n'était rien l'un pour l'autre ?

Damon, je... » Il s'approche de moi et capture mon visage entre ses mains. « Non, s'il te plaît, ne fais pas ça. »

Mais malgré ma protestation, je ne fais aucun mouvement pour me dégager. Je suis intoxiquée par son odeur, j'en ai la tête qui tourne. Je fais un pas en avant, je m'accroche à sa chemise et je ferme les yeux en posant ma tête contre son torse. « Je veux arriver à t'oublier.

Non, ce n'est pas vrai. » Ses lèvres s'écrasent contre les miennes, et il me possède.

Je sens ma bouche s'ouvrir, et sa langue vient à la rencontre de la mienne. Je passe mes bras autour de son cou, et il me soulève et se met à marcher. Peu m'importe où, je ne ressens que mon désir puissant pour lui.

Damon me dépose sur le canapé et il soulève ma robe en un mouvement fluide, puis repousse mon soutien-gorge pour prendre un de mes seins dans sa bouche. « Oh, bon dieu, » je murmure alors qu'il me mordille.

« Je veux te ramener à la maison et t'attacher, Elisa. Je veux te baiser pendant des heures, pour te punir de ce que tu m'as fait vivre. » Il s'éloigne pour me regarder. « Tout ce que j'ai fait cette semaine, c'était pour te protéger des médias. Ça a fonctionné. Tout le monde pense que je suis avec Brooke après ce repas, et plus personne ne pense aux photos de notre week-end. Mon plan a fonctionné, mais je sais que tu en as souffert. Ça me désole.

Je sais pourquoi tu l'as fait, Damon. Mais je crois que je ne comprends pas le monde dans lequel tu vis. » Il m'embrasse doucement avant de reprendre la parole.

« Parfois, moi non plus. » Il baisse ma culotte et m'écarte les jambes pour admirer ma chatte. J'ai très envie de lui. Il glisse un doigt en moi. « Il ne s'est rien passé avec Brooke. On a mangé au restaurant, et je suis rentré directement après. Toutes ces images étaient planifiées, Elisa. » Je me cambre lorsqu'il trouve mon clitoris et le caresse avec son pouce.

« Tu l'as embrassée, » je murmure alors qu'il continue ses mouvements lents, sa douce torture. « Elle avait envie de toi, Damon. Je pouvais le voir dans ses yeux.

Elle veut son quart d'heure de gloire, peu lui importe comment. Je suis juste un pion pour elle, » me répond-il en glissant un doigt dans ma fente.

Je me cambre pour l'accueillir, et j'agrippe les coussins au-dessus de ma tête en fermant les yeux. « C'était un bisou prémédité, et complètement mécanique. Honnêtement, ça m'a écœuré. Ça m'a donné envie de toi. »

Il ajoute un doigt, et je me colle à lui, j'ai vraiment envie de jouir. J'essaie de me retenir mais je sens soudain sa bouche contre moi, et il suce mon bouton doucement. « Je vais jouir, » je murmure en passant ma main dans ses cheveux. Damon me lèche et me suce, faisant monter l'orgasme en moi, jusqu'à ce que j'explose dans sa bouche. Oh, bon sang... J'ai l'impression que ça fait des mois qu'il ne m'avait pas touchée, au lieu de seulement deux jours. L'orgasme traverse tout mon corps alors qu'il continue à me lécher. « J'ai besoin que tu me baises, » je lui dis en le regardant dans les yeux.

Je me mets rapidement à quatre pattes pendant qu'il enlève son pantalon, et j'écarte les jambes pour lui. « Je ne demande que ça, » me promet Damon, et il me pénètre d'un grand coup de rein. Il agrippe mes fesses et continue ses coups de boutoir, ce qui me fait crier. Je suis toute mouillée et serrée contre lui, et je me sens apaisée en sentant son corps venir taper contre le mien. « Tellement serrée. Tu es parfaite pour moi. » J'accueille chaque coup avec enthousiasme. « Jouis pour moi, Elisa. Je veux encore te sentir jouir. » Je jouis en même temps qu lui, mes jambes tremblantes.

Nous nous écroulons sur le canapé en cuir, et je ferme les yeux. Tous mes progrès sont partis en fumée, et je ne sais plus quoi faire. « Pourquoi m'as-tu envoyé cet e-mail ? » me demande Damon.

« Je voulais t'éviter, et garder mon stage. Je pense que si je prends un emploi à mi-temps, avec ma bourse en plus, je peux prendre soin de ma mère, » je réponds. Il secoue la tête.

« Tu m'envoies un message parce que tu t'inquiètes pour moi, alors que tu es en colère, et tu te fais du souci pour ta mère. Comment puis-je mériter une fille comme toi ? » me demande Damon. « J'ai discuté avec un collègue après avoir reçu ton e-mail.

Tu ne vas pas recommencer. Je veux me débrouiller toute seule, » je gémis, et il pose un doigt sur mes lèvres.

« Ce n'est pas ce que tu penses. Il s'agit d'une succursale de cette firme, qui réussit tout aussi bien. Il cherche une assistante pour l'aider. Il m'a demandé si j'avais des recrues potentielles parmi mon équipe, et je lui ai parlé de toi, en tant qu'employée. Je lui ai transmis ton CV et il a été très impressionné. Il est prêt à t'offrir un poste à plein temps, au même tarif horaire que ce que je te paies, Elisa. La firme est dans la ville, dans la même rue que la nôtre. Bien sûr, tu n'es obligée de rien.

Il ne sait pas qu'on est ensemble ? » je demande, et Damon secoue la tête. « Il a vraiment apprécié mon CV ? » Il acquiesce.

« Il a même appelé Brent pour lui poser quelques questions, et ton excellente réputation a fini de le convaincre. C'est la vérité. » Je le regarde fixement.

« J'ai besoin de réfléchir, » je dis, et il fronce les sourcils. « C'est énorme, et je trouve ça vraiment super, mais j'ai besoin d'un peu de temps. Tu veux bien me donner son numéro ? Je l'appellerai demain. » Damon hoche la tête et m'embrasse. « Est-ce que quelqu'un est au courant de l'e-mail que je t'ai envoyé ?

Non, » dit-il doucement, et la tristesse envahit ses traits. « Peu importe ce qu'il advient de ta carrière, c'est dur pour moi de me dire que tu ne seras pas ici avec moi. Mais si c'est la seule solution pour que tu nous laisses une chance, ça en vaut la peine. C'est tout ce que je veux, » dit Damon en se penchant pour m'embrasser encore.

« Est-ce que tu veux encore m'attacher et me baiser pendant des heures ? » je demande. Il glisse sa langue dans ma bouche.

« C'est tout ce que je veux.

Tant mieux, » je réponds, et je m'assieds sur lui. « Je viendrai chez toi ce soir, et on pourra discuter des détails de cette offre avant que tu me montres à quel point tu tiens à moi. » Je souris.

« J'ai besoin d'avoir l'opinion d'un professionnel avant de prendre ma décision. »

Damon penche la tête, et regarde ma chatte humide qui glisse au-dessus de sa queue raide. « Et tu me dis ça, assise comme ça sur moi. »

Je le regarde intensément, et il gémit. « Elisa... Putain, je veux encore te sentir. » Je me penche et je l'embrasse en descendant pour m'empaler sur lui, peau contre peau. La sensation est incroyable, et je gémis contre sa bouche alors qu'il agrippe mes hanches. Damon me guide, en me murmurant à quel point il aime ce que je lui fais, que je le rends fou.

Nous faisons l'amour sensuellement. Je sens une chaleur au fond de mon ventre lorsqu'il jouit, et je pulse pour ramasser jusqu'à la dernière goutte de sa semence.

29

DAMON

Elisa se nettoie avant d'aller rejoindre son équipe, après m'avoir promis de me rejoindre chez moi à dix-huit heures pour passer la soirée ensemble. Je m'installe derrière mon bureau, et je pense aux heures qui viennent de s'écouler en secouant la tête. J'ai cru qu'elle démissionnait et s'apprêtait à me quitter lorsque j'ai reçu son e-mail, dans lequel elle citait des excuses pour ne plus travailler ensemble. J'ai cru qu'elle refusait tout ce que je veux lui offrir. Je souffrais incroyablement, et j'ai passé mon temps à regarder les caméras de sécurité jusqu'à ce qu'elle entre dans le lobby. Je comptais exiger qu'elle reste.

C'est à ce moment que Burt m'a appelé, pour savoir ce que valaient mes stagiaires. C'est un homme bienveillant qui gère la même entreprise que moi, une de ses branches, légèrement plus petite. Kenneth a eu besoin de diviser la firme pour gérer la liste grandissante de clients, et il a monté une équipe pour s'occuper de la succursale. Lorsque j'ai pris la suite de mon beau-père, je communiquais régulièrement avec eux, mais moins aujourd'hui.

Je cherchais justement un compromis entre les désirs d'Elisa et ce que je souhaite, et je l'ai mentionnée en proposant d'envoyer son CV.

Burt a été très impressionné et il a demandé à parler avec les collaborateurs directs d'Elisa, puisque j'ai prétendu ne pas trop la connaître. Je lui ai transmis quelques numéros avant de raccrocher.

Je me sentais déjà plus calme lorsque j'ai vu Elisa arriver et s'approcher des ascenseurs. Je me suis levé, et dès que j'ai vu qu'elle était montée dans un ascenseur vide, j'ai appuyé sur le bouton pour la faire s'arrêter à mon étage et je suis allé à sa rencontre. J'ai appris à me servir du système de sécurité depuis que nous avons dû virer un stagiaire qui causait des ennuis. C'est à ce moment-là que j'avais envisagé d'abandonner le programme, mais on m'a persuadé de le conserver.

Aujourd'hui, j'en suis reconnaissant, parce que c'est grâce à son stage que j'ai rencontré Elisa.

Je quitte le bureau de bonne heure pour aller faire quelques courses avant son arrivée. J'achète de quoi préparer à dîner pendant que Mark va acheter des roses chez le meilleur fleuriste de la ville à ma demande. Nous ramenons le tout chez moi, et sur la route Mark m'apprend que Brooke a boudé pendant tout le trajet jusqu'à chez elle, l'autre fois. J'éclate de rire lorsqu'il ajoute qu'elle a retrouvé un autre mec devant chez elle et qu'elle est partie avec lui quelques minutes plus tard.

Avec un peu de chance, je n'aurai plus besoin de monter une combine de ce genre. Je ne veux qu'Elisa, personne d'autre. J'ai vraiment envie de m'éloigner du feu des projecteurs, et de mener une existence normale et tranquille. Même sans Elisa, c'est un besoin que je ressens de plus en plus. Cette vie est épuisante.

Je pose les roses sur le comptoir et je range la nourriture dans le frigo. J'ai prévu de faire du saumon avec des petits légumes, de la salade, et de servir les éclairs d'une très bonne pâtisserie de la ville pour le dessert. Je suis optimiste grâce à la proposition d'emploi qu'elle a reçu, et j'espère qu'Elisa décidera d'accepter. Après tout, c'est tout ce qu'elle souhaitait. Il faut juste qu'elle comprenne qu'elle l'a vraiment mérité, et que ce n'est pas une faveur de ma part.

En regardant l'horloge, je réalise qu'elle sera là dans moins d'une heure, et je vais me doucher. Je me touche sous l'eau chaude, incapable d'oublier le moment où elle m'a chevauché cet après-midi. Cela faisait longtemps que je n'avais plus laissé une fille prendre le contrôle, plus depuis mon adolescence. Je me branle et je crie son nom lorsque j'éjacule contre le carrelage, à bout de souffle.

Je mets un jean et un t-shirt, et je décide de rester pieds nus. Je retourne dans la cuisine et je consulte des recettes de saumon. Je choisis de les faire en papillotes avec une sauce au beurre.

Je vérifie que tout est propre dans l'appartement, même si ma femme de ménage est passée ce matin. Elle vient une fois par semaine, bien que je sois assez à cheval sur la propreté de moi-même. Je pense que j'ai pris de mauvaises habitudes en grandissant dans une maison qui employait des domestiques, et j'aurais du mal à m'en séparer. J'allume quelques bougies et un feu dans la cheminée, puis j'entends qu'on frappe à la porte. Je me passe la langue sur les lèvres avant d'aller ouvrir. « Coucou, » me dit Elisa avec un sourire magnifique. Elle porte le jean que je lui ai offert, qui met ses courbes parfaitement en valeur, et un pull en cachemire qui fait ressortir sa poitrine généreuse. « Je me suis habillée décontracté, ça ira ?

Tu me donnes envie de te manger, » je lui murmure en lui prenant la main.

Elisa éclate de rire et entre, regardant autour d'elle d'un air surpris. « Ça te plaît ?

Damon, est-ce que tu essaies de me séduire ? » me demande-t-elle. Je l'embrasse doucement.

« Est-ce que ça marche ? » je lui demande avant de l'embrasser à nouveau, prenant une fesse dans ma main. « C'est aussi moi qui cuisine, ce soir. J'ai du bon vin. Peut-être même que je te ferai jouir, si tu es sage.

Mmm, tout un programme, » remarque-t-elle en me prenant dans ses bras.

En riant, je l'entraîne dans la cuisine où elle me regarde préparer le saumon avant de le mettre au four. Elisa me propose de s'occuper des légumes, et elle les fait revenir dans de l'huile avec des épices. Elle semble à l'aise dans une cuisine, et nous préparons le repas en discutant tranquillement. Ensuite, je nous sers des verres de vin et nous nous installons à la table. « J'ai appelé Burt tout à l'heure.

Comment ça s'est passé ?

Il a l'air très sympathique, et très professionnel. Il a admis qu'il prenait un risque en engageant une stagiaire, mais il m'a dit qu'avec mon CV et mes expériences professionnelles, il était plutôt confiant, » me répond Elisa, et je hoche la tête. J'ai eu les mêmes réflexions avant de l'engager moi-même.

« Au début, je gagnerai un peu moins que prévu pendant ma période d'essai. Mais Burt m'a assuré que tu me réengagerais si jamais ça ne se passe pas bien. Apparemment, je suis très appréciée à Elkus Manfredi.

C'est le cas, et j'en serais ravi, sauf que puisqu'on sortira ensemble, ça pourrait poser un problème. » Je me lève pour la prendre dans mes bras, et elle me serre contre elle.

« Est-ce que ça veut dire que tu me pardonnes ? » je lui demande, et elle boit une gorgée de son verre.

« Je sais pourquoi tu as fait tout ça, » admet Elisa avec un petit sourire timide. « Grâce à ton plan, les journalistes ne se sont pas trop penchés sur notre week-end. Mais j'étais jalouse, et j'ai dû regarder ces photos une centaine de fois le lendemain. Pourtant, lorsque je vois comment tu me regardes, je me rends bien compte que tu n'avais pas le même regard avec elle. Je vois bien que tu ne ressens rien pour elle. J'ai aussi trouvé ça drôle de voir des photos d'elle dans un club le même soir, en train de boire et de danser avec un autre homme. L'article supposait que vous vous étiez disputés. Tu ferais mieux de trouver une meilleure couverture, Damon. C'est une amatrice.

J'espère ne plus en avoir besoin. J'ai envie d'avoir une petite amie, » je lui dis en la regardant dans les yeux. « Je veux une femme que je pourrai gâter, dont je pourrai prendre soin. Je veux l'encourager alors qu'elle gravit les échelons dans mon entreprise.

Est-ce que tu as quelqu'un en tête ? » me demande-t-elle en me taquinant. Elle se penche vers moi et m'embrasse longuement.

« Je n'ai envie que d'une seule femme, » je lui assure en lui rendant son baiser. Nous allons nous installer sur le canapé, et je soulève son t-shirt pour venir suçoter son téton. Lorsque le four sonne, nous grognons tous les deux. « Et merde. »

Nous allons dans la cuisine, et je sors le poisson du four avant qu'il ne soit brûlé, pendant qu'elle fait réchauffer les légumes. Nous garnissons nos assiettes et je vais poser la salade sur la table. Nous mangeons tranquillement, et je réponds à ses questions lorsqu'elle me demande à quoi s'attendre dans sa nouvelle entreprise.

« Et pour l'appartement ? » je lui demande alors que nous faisons la vaisselle ensemble.

« Et bien, c'est pour les employés de Elkus Manfredi, et je préfère que ça le reste. Mais j'ai fait quelques recherches, et j'ai trouvé un appartement très mignon dans le même quartier, que je pourrais partager avec ma mère. Avec le salaire que je vais toucher, je devrais pouvoir le payer, même si je n'ai plus de bourse. J'espère juste que je ne me ferai pas virer.

Ça ne sera pas le cas. Tu auras bientôt ton diplôme, et tu pourras réussir tout ce que tu entreprendras. » Elisa rit et m'embrasse.

Son regard devient brillant, et je sens la température grimper entre nous. Elisa me prend la main et m'entraîne jusqu'à la pièce que je n'ai pas ouverte depuis la dernière fois qu'elle est venue ici. Je prends la clé dans ma poche pour ouvrir la porte, et elle entre dans la chambre, décidée.

« J'ai adoré le dîner. J'ai adoré les roses. J'ai tout adoré de cette soirée, mais là, tout de suite... Je veux que tu me baises. » Je me sens durcir en entendant ces mots, si directs et crus, et je referme la porte. « Je veux faire ce qu'on ne peut pas faire au bureau, Damon. »

Je lui dis d'enlever mon pantalon et elle se met à genoux, cherchant mon regard. J'acquiesce, et elle se penche pour prendre ma queue gonflée dans sa bouche. Je la tiens par les cheveux, sans tirer trop fort, et je viens à sa rencontre en donnant de petits coups de hanches. Elle agrippe fermement mes fesses pour m'attirer vers elle, et elle me prend entièrement dans sa bouche, jusqu'au fond de sa gorge. Elle gémit en chœur avec moi alors que nous bougeons tous les deux plus vite, plus fort ; je murmure son nom lorsque j'éjacule dans sa bouche. Elle boit tout mon jus avec un plaisir évident alors que je la regarde, les yeux écarquillés. « Elisa, » je murmure, et je lui prends la main pour la remettre debout.

Ce soir, je l'attache au lit avec des menottes recouvertes de fourrure, après l'avoir déshabillée. Je lui ai laissé son string noir, obsédé par la fine couche de tissu qui me sépare de ce que je veux plus que n'importe quoi d'autre. Je lui laisse les jambes libres et je descends le long de son corps, en la mordillant alors qu'elle se cambre. Je sais qu'elle en veut plus, elle me supplie lorsque j'arrive au niveau de son ventre. Je prend un petit vibro puissant et je le glisse en elle, et je baisse légèrement sa culotte pour avoir accès à son clitoris. Je la lèche consciencieusement alors que le gode vibre en elle, ce qui la fait mouiller de plus en plus, jusqu'à ce qu'elle soit sur le point de jouir. « Damon ! » crie-t-elle. Elle est toute rouge et elle serre les poings. « Oh, bon sang, je jouis. » Je suçote son clitoris alors qu'elle crie, et je retire entièrement sa culotte. La gode sort d'elle. « Tellement intense. » Je la retourne pour qu'elle soit sur le ventre, en faisant attention à ne pas lui faire mal. Je sais qu'elle est déjà fatiguée, mais je suis loin d'en avoir terminé avec elle. Je lui écarte les jambes et je claque sa fesse. Elle sursaute avant de m'en demander plus.

Elisa finit par me crier de la baiser après quelques claques, et je viens me glisser en elle. Je m'agrippe à ses fesses pour la pénétrer profondément, alors qu'elle gémit de plaisir. Je me retire entièrement et je la pénètre puissamment jusqu'à la garde avant de la remplir de ma semence ; je sens sa chatte serrée et trempée pulser autour de mon membre. Je crie son nom en lui maintenant les hanches pour prolonger le moment.

Elisa me surprend en demandant à voir quels autres jouets je possède. Je lui montre ma collection, en lui décrivant l'utilisation de chacun alors que ses yeux brillent. Je lui présente plusieurs godes, des plugs et différents accessoires destinés aux fessées.

Elisa me demande si nous pourrions les utiliser dans la chambre à coucher. Je prends ceux qu'elle préfère et nous changeons de pièce. « J'adore cette pièce, et ses possibilités, mais j'ai aussi envie qu'on s'approprie cette chambre. J'ai envie d'expérimenter dans cette pièce, et qu'ensuite on s'endorme dans les bras l'un de l'autre, » m'avoue-t-elle en rougissant. J'allume quelques bougies et on s'allonge sur le grand lit.

« Tu es la première femme avec qui je me trouve dans cette chambre. » Elle me regarde, les yeux brillants. « C'est l'endroit où je m'endors chaque nuit, et c'est la première chose que je vois tous les matins. Je ne voulais pas faire pénétrer quelqu'un dans le seul endroit où je me sens en paix. Mais toi, j'aime te voir ici.

J'ai envie d'y être. J'ai envie d'essayer de faire fonctionner notre relation, même si je sais déjà que ce ne sera pas toujours facile. » Elle me regarde intensément. « Je suis au courant de ton passé, et j'ai entendu les rumeurs. J'ai un peu de mal lorsque j'y pense, mais quand je vois comment tu me regardes, je ne peux pas douter de tes sentiments pour moi. Alors, j'ai envie de nous donner une chance.

Tant mieux. » Je l'embrasse tendrement et je la regarde alors qu'elle s'allonge sur le dos.

« Alors, qu'est-ce que tu as envie d'essayer en premier ? »

30

ELISA

J'avais toujours cru que le sexe était un peu ennuyeux. Je ne pensais pas que ça pouvait être comme dans les livres ou les films, et pourtant avec Damon, c'est encore mieux. J'ai lu énormément de romans d'amour, étant donné que j'ai une tonne de colocataires, et même les scènes les plus chaudes ne tiennent pas la comparaison. Finalement, il semblerait que notre histoire puisse fonctionner, mais c'est surtout mon espoir qui parle. Je n'ai pas passé beaucoup de temps avec Damon, mais chaque moment a été vraiment mémorable. Cette nuit, je m'endors en ayant appris beaucoup plus que je ne le pensais possible sur les sex-toys, heureuse dans les bras de Damon. Je m'accroche à mon espoir pour nous deux.

Le lendemain au travail, Brent annonce à mon équipe que je vais être engagée à plein temps dans la firme associée à Elkus, dont les bureaux se situent dans la même rue, juste en face. L'équipe est heureuse pour moi, même si certains semblent un peu jaloux, et surpris. Pourtant, ils m'invitent à manger pour fêter la nouvelle, et nous trinquons avec nos verres de soda. Autumn me demande comment s'est passée mon embauche.

« Burt a appelé pour demander des noms de stagiaires, et

Brent m'a recommandée. Il a envoyé mon CV, et mon profil a plu à Burt. Il m'a proposé d'être son assistante. Je suppose que ce n'est pas si extraordinaire d'être embauchée alors que je n'ai pas fini mes études, n'est-ce pas ? » je demande innocemment en mangeant une frite.

« J'ai été engagé à ce moment-là, » m'apprend Vince en souriant.

« Moi aussi, » ajoute Autumn. « Ils sont prêts à nous donner une chance s'ils voient que nous travaillons dur. Le plus souvent, ils préfèrent garder des équipes soudées, et ajouter de nouveaux employés plutôt que de les transférer. C'est tant mieux. » Elle boit une gorgée de soda. « Et le grand patron ? Pas trop triste de perdre son assistante ?

Non, on m'a dit qu'il a fait des compliments à mon sujet. Il m'a souhaité bonne chance, » je réponds avec un grand sourire.

Je garde notre relation secrète, et ce qui arrivera plus tard n'aura pas d'importance, puisque je ne serai plus son employée. Nous pourrons dire que nous avons commencé à sortir ensemble par la suite. J'espère que personne ne découvrira la vérité.

« Il a l'air occupé avec sa dinde en ce moment. Je ne vois pas ce que Damon trouve à Brooke, sinon que leurs familles sont proches. Je veux dire, je sais qu'ils sont sortis ensemble quelques fois, mais je ne comprends pas pourquoi il y revient toujours. En plus, elle a été prise en photo avec un autre mec le soir où ils sont allés au restaurant. » Autumn secoue la tête, et je fronce les sourcils. Il m'avait dit qu'ils n'étaient jamais sortis ensemble. « Enfin, peu importe. Il a beau être magnifique, je le trouve un peu bête.

Je ne le connais pas beaucoup, » je mens, et nous changeons de sujet.

Apparemment, les gens feront toujours courir des rumeurs sur Damon, et je me demande s'il en sera de même pour nous.

Est-ce que ce sera moi, la dinde ? Nous finissons le déjeuner, et je remercie tout le monde lorsque nous retournons au bureau. En entrant, je vois Damon accompagné de Brent se diriger vers les ascenseurs. Il est à tomber, dans un costume noir bien coupé, avec une chemise bleu sombre. Il porte un manteau chaud. Je le regarde et je m'oublie un instant, me souvenant de la nuit que nous avons passée ensemble hier.

Quelqu'un l'appelle à l'entrée. Il se retourne, et se met à froncer les sourcils. Il dit quelque chose à Brent, et attend que la femme avec une couleur de cheveux familière les rejoigne.

Brooke.

Damon a l'air agacé en parlant avec elle. J'arrive à les dépasser sans qu'il me voie. Elle est encore plus belle en personne, et elle n'arrête pas de toucher son bras ou son épaule pendant qu'ils discutent. Les portes de l'ascenseur se referment sur eux. J'avais raison quand je lui ai dit que ce ne serait pas toujours facile. Il a un lourd passé, alors que je n'ai connu quasiment personne avant lui. Nous retournons dans notre bureau, et je reste un peu perdue dans mes pensées. « Qu'est-ce qui t'arrive ? » me demande Vince.

« Je crois que cet endroit va me manquer. Je n'ai pas été ici longtemps, mais j'ai vraiment aimé travailler avec votre équipe, » je lui réponds en souriant.

« Tu vas être l'assistante du grand patron. C'est une super opportunité, » m'assure Vince, et je hausse les épaules.

« Ça me fait peur, » je lui avoue à voix basse alors que nous nous installons autour de la table. « Je vais être engagée à plein temps, en plus de mes études. Je vais faire beaucoup d'heures. J'ai peur d'être complètement épuisée.

J'espère que ça ne dérangera pas trop ton copain, » me dit Vince.

Je secoue la tête. « Je construis un empire. Il faut qu'il le comprenne. » Je souris, et Autumn rit doucement. Elle m'a expliqué qu'elle avait attendu d'avoir sa place dans l'entreprise avant d'accepter la demande en mariage de son copain. Ils étaient en train d'organiser leur mariage. Elle est ambitieuse, comme moi. Elle aussi vient d'une famille pauvre, et souhaite soutenir les siens.

Je vais encore travailler avec l'équipe deux pendant semaines avant de commencer en face. J'accueille volontiers tous les conseils qu'ils me donnent, même si mon poste sera un peu différent. Je sais que Burt souhaite que j'apprenne un peu tous les postes de l'entreprise, et j'espère que j'aurai rapidement l'occasion de passer au design. Après tout, c'est ce que j'adore.

Le soir, je suis chez Damon, mais je n'ose pas lui demander ce que voulait Brooke. Je me sens à nouveau peu sûre de moi. Lorsque nous sommes au lit, il le remarque. « Qu'est-ce qui ne va pas ?

Rien. Je suis juste nerveuse, » je lui réponds en souriant.

Je n'ai pas reçu des félicitations de la part de tout le monde. Il me semble que Devin est même un peu jaloux de mon opportunité. Je m'inquiète à nouveau d'avoir été pistonnée par Damon, malgré qu'il m'ait assuré le contraire. Je me demande à quel point j'ai mérité ce poste. J'ai envie de ne le devoir qu'à mon travail.

« Tu vas t'en sortir comme une chef, Elisa. Je sais que tu vas donner le meilleur de toi-même, comme d'habitude. » Il pose le jouet dont il vient de se servir sur la table de nuit et se tourne vers moi. Je suis encore essoufflée après la délicieuse torture qu'il vient de m'infliger. « Est-ce que quelqu'un t'ennuie au bureau ?

Non, mais tout le monde n'a pas l'air ravi, » j'avoue d'une petite voix, et son regard devient dur. « Mais je suis sûre que c'est normal, et puis, il ne me reste que quelques jours, n'est-ce pas ? » j'ajoute rapidement. Je ne verrai plus Damon toute la journée non plus, et je risque de me poser encore plus de questions.

« Bien sûr. Je suis certain que tu te sentiras rapidement à l'aise, et bientôt tu me raconteras plein d'anecdotes. Nous allons être rivaux, » me taquine-t-il. Je me redresse.

« Loin de là, » je lui dis d'une petite voix. « Pas avant des années, c'est certain.

Tu doutes trop de toi, » me dit Damon. Il vient me caresser le ventre du bout du doigt. « Tu vas assurer à ce poste, et tu vas vite progresser.

Je l'espère. » Je ferme les yeux, et je sens le sommeil me gagner.

Même si je me pose beaucoup de questions sur Damon, mon corps a envie, besoin de lui. Je sais que je n'en aurai jamais assez. Même si ça m'épuise. « Toi et moi, on est exclusifs, hein ? » Je ne peux m'empêcher de m'inquiéter un peu à chaque fois que nous faisons l'amour sans protection. Pas pour les risques de grossesse, puisque je prends la pilule, mais je m'inquiète parce que j'ai peur qu'il ait d'autres partenaires.

« Est-ce que tu pensais que ce n'était pas le cas ? » me demande-t-il, surpris.

« Non, je suis juste curieuse. » Il éteint la lumière et me prend dans ses bras, déposant un baiser sur ma joue.

« Tu sais que tu es la seule femme dans ma vie. »

LES FÊTES de fin d'année approchent, et mon nouveau bureau est décoré avec élégance le jour où je vais retrouver Burt pour signer mon contrat. L'équipe a organisé une fête pour moi, et je les rejoins ensuite. Je discute avec les amis que je me suis fait, pendant que Damon se tient à l'autre bout de la pièce, discutant avec ses managers. Nous échangeons des regards, mais nous restons discrets, entourés de tant de monde. La nourriture est délicieuse, et le gâteau magnifique. Une bouteille de champagne est ouverte, et il y a un toast en mon honneur. Après, une partie du groupe veut aller dans un bar et ils m'invitent. J'hésite, en jetant un coup d'œil en coin à Damon. « Allez, c'est une occasion à célébrer.

D'accord. Bonne idée. » J'accepte en souriant.

Autumn envoie un message pour inviter d'autres collègues, et un peu moins d'une heure après, je remercie tout le monde de m'avoir si bien accueillie dans l'entreprise et mon équipe ainsi que quelques autres personnes et moi nous dirigeons vers un bar au coin de la rue. Il est bondé lorsque nous arrivons, mais nous parvenons à nous frayer un chemin jusqu'au comptoir.

Je me retourne vers la porte et je vois Damon entrer avec des collègues à lui. Je fronce un instant les sourcils, puis j'accepte un verre de Vince qui a payé sa tournée, et je le remercie en trinquant avec lui. Je sais que je garderai contact avec lui et avec Autumn après mon stage. Elle pointe l'entrée du bar et s'écrie : « Voilà Tim, mon fiancé ! » Je serre la main du grand homme brun et elle lui présente le reste de l'équipe. Ils ont l'air de très bien s'entendre tous les deux. Il nous présente deux amis qui l'accompagnent.

L'un d'entre eux s'appelle Dave, et l'autre Glen. Ils ont tous les deux un style excentrique, comme Tim. Glen me félicite pour ma promotion dès qu'il l'apprend, et il me prend à part pour discuter de mon nouveau poste. Je sens qu'on me regarde, et en me retournant je vois Damon en train de me fixer d'un air mauvais jusqu'à ce que quelqu'un s'approche de lui. Encore Brooke. Tu parles d'une couverture. Je souris à Glen et je me concentre sur la conversation, en feignant d'ignorer que je suis folle de l'homme de l'autre côté du bar en train de parler avec cette femme.

On continue à m'offrir des verres, et je les accepte tous. Je ris un peu trop fort aux plaisanteries de Glen. Je danse même avec lui, un peu éméchée, comme si je vivais dans un monde parallèle. Ce n'est que lorsque je vais aux toilettes que je prends conscience de mon comportement. Lorsque j'en sors, quelqu'un agrippe mon bras et m'entraîne au bout du couloir sombre. « Hé, qu'est-ce qui se passe ? » je m'exclame, et en levant la tête je vois que c'est Damon. « Qu'est-ce que tu fais ? Tu vas manquer à ta copine, non ?

Copine ? » Il s'arrête, surpris.

« Brooke. Je t'ai vu avec elle plusieurs fois, et j'abandonne ! » Je crie, et il me prend par les épaules pour que j'arrête de remuer.

« Plusieurs fois ? » Je hoche la tête en soupirant.

« Au bureau, ici... Et il y a toutes ces photos de vous deux ensemble. Je sais que vous êtes déjà sortis ensemble. » Il grimace en me regardant intensément, et malgré l'alcool, je sens une grande tristesse m'envahir. « Je t'ai fait confiance tout ce temps, sans pouvoir m'empêcher de me demander si j'étais la seule femme dans ta vie. Je dois être vraiment stupide.

Bordel, qui est allé te raconter ça ? » me demande-t-il, et je le regarde avec tristesse.

« Est-ce que c'est vrai ? » Son silence me donne ma réponse. « J'aurais préféré que ce soit toi. Maintenant, on dirait que tu me le cachais, et je n'arrête pas de la voir avec toi. Je ne sais même plus ce que je veux.

Je n'ai pas réfléchi ce jour-là. Il y avait cette histoire à cause des photos du week-end, et je savais qu'il fallait que je te protège. J'ai pensé à Brooke parce qu'elle habite dans le coin, et je ne voulais pas que tu t'inquiètes pour rien, parce qu'il ne s'est rien passé entre nous depuis des années. » Damon me parle d'une voix rassurante, mais je secoue la tête. « On s'est croisés ici par hasard ce soir, et l'autre fois, elle est passée au bureau pour me dire quelque chose sur mes parents. C'est la vérité, Elisa. » Son regard s'assombrit. « Et comment expliques-tu ce nouveau mec ? Tu as l'air de passer un bon moment avec lui. Qui est-ce ?

Je ne sais pas ! » Je m'écrie en me dégageant de son étreinte.

Je traverse le bar en courant et je me retrouve dans la rue, en larmes. Je cherche mon téléphone dans mon sac pour appeler un taxi et rentrer chez moi. J'ai le job de mes rêves, mais je paie un prix auquel je ne m'attendais pas. Je suis amoureuse de Damon, mais je suis jalouse et je n'arrive pas à lui faire confiance. Je fais signe à un taxi qui passe. Je m'engouffre dans le véhicule et je donne mon adresse au chauffeur. Je vois Damon arriver sur le trottoir et me fixer durement alors que le taxi démarre.

Je passe cette nuit seule, à pleurer pelotonnée sous mes couvertures. J'ai éteint mon téléphone, et j'espère qu'il n'osera pas venir ici. J'ai besoin de réfléchir.

31

DAMON

Je regarde Elisa s'éloigner dans le taxi, un peu choqué. Elle a bu, et je n'ai pas compris ses réactions ce soir. Je prend le temps de me calmer dans l'air froid avant de rentrer dans le bar. J'ai croisé Brooke par hasard, et elle est retournée avec ses amis. D'ailleurs, elle sort avec un nouveau mec, et elle semble vraiment sous son charme. Et l'autre fois, nous avons simplement parlé affaires, mais je n'avais aucune idée qu'Elisa nous avait vus. J'aurais préféré qu'elle m'en parle avant, au lieu de faire une crise pareille ce soir.

Je regarde durement l'homme avec qui elle dansait avant d'aller me rasseoir avec mes amis. Je bois une gorgée de bière. Il semble la chercher, et je le comprends.

Je sais qu'elle est rentrée chez elle, mais elle n'essaie pas de me contacter. Je sais où elle habite, mais j'essaie de lutter contre mon envie d'aller la chercher et de la ramener chez moi de force, comme un homme des cavernes. Bon sang, ce soir je comptais lui demander de venir vivre chez moi, en lui disant qu'on allait trouver un appartement à proximité pour sa mère. Je ne vois plus de raisons de se cacher, puisqu'elle ne travaille plus pour moi.

Je bois plus que de raison avant d'appeler Mark pour qu'il vienne me chercher. J'appelle Elisa plusieurs fois dans la voiture, mais je tombe à chaque fois sur sa messagerie. « Putain.

Que se passe-t-il ? » me demande Mark en me regardant dans le rétroviseur.

« Mon passé revient me hanter, Mark. Je ne lui ai pas tout dit, et ça me retombe dessus. J'aurais dû lui en parler.

Est-ce que tu peux arranger ça ? » me demande-t-il. Je fronce les sourcils.

« Peut-être. Je pourrais lui faire livrer des roses, et m'arranger pour qu'elle accepte de me parler. » Je ne sais pas vraiment quoi faire. Tout ça est nouveau pour moi. Je pensais que nous rentrerions chez moi ensemble après sa fête. J'ai adoré la voir sourire, si heureuse de la fête organisée pour elle. Elle était magnifique moulée dans sa robe couleur chair, avec les chaussures noires que je lui ai offertes. Je comptais lui demander d'emménager avec moi devant le feu, en lui disant à quel point je l'aime.

Maintenant, ce n'est plus une option.

« J'ai essayé d'arranger les choses entre ma femme et moi avant qu'on décide de divorcer. Je l'ai emmenée sur la côte, j'ai réservé dans un super hôtel et je l'ai emmenée au restaurant. Ça a marché, sur le moment. Mais on avait trop de problèmes. Tu devrais organiser un week-end avec elle. » Je repense à notre escapade, et je trouve que c'est une bonne idée. On pourrait rester quelques nuits, en faire un petit voyage. « Je ne pense pas que les choses aillent si mal que ça entre vous, vous êtes toujours ensemble. À mon avis, tu as juste fait une petite connerie. Tu sais, j'ai compris après mon divorce à quel point la communication est importante dans un couple. Ne fais pas la même erreur que moi.

Oui, je pense que tu as raison, » je lui dis alors qu'il se gare devant chez moi.

Je rentre chez moi, un peu éméché, et avec une sensation intense de vide. Je me déshabille et je m'endors immédiatement.

Le lendemain matin, j'appelle ma mère et Kenneth, et nous décidons de dîner ensemble puisqu'ils sont dans la région. Nous nous retrouvons dans un restaurant. Kenneth regarde ma mère enlever son manteau avec un regard plein de tendresse. « Comment ça se passe au bureau ? » me demande Kenneth une fois que nous avons passé commande et que nos verres sont servis.

« Tout va très bien. Nous avons des nouveaux clients, et les chiffres sont positifs » Kenneth a l'air ravi. Après tout, il en touche encore un beau pourcentage.

« Est-ce que vous avez eu de bons stagiaires cette année ? » demande ma mère, et je me décompose.

« Damon ?

Oui. L'une d'entre eux vient d'être engagée à plein temps par Burt. »

Kenneth acquiesce en buvant une gorgée de whisky. « Elle est super.

Et bien, elle ira loin. Quel est son poste là-bas ? » demande Kenneth. Ma mère m'observe attentivement. Elle se doute de quelque chose.

« C'est son assistante. Elle travaillait avec l'équipe de Brent et elle m'a aussi aidé un peu de temps en temps, » je réponds en buvant à mon tour une longue gorgée de whisky. « Elle sera diplômée l'année prochaine.

Elle m'a l'air d'être une parfaite recrue pour Burt. Grâce à ce programme de stage, vous récoltez toujours les meilleurs éléments. » Nos entrées sont servies, et nous commençons à manger.

Lorsque Kenneth se lève pour aller aux toilettes, ma mère s'essuie la bouche avec sa serviette.

« Quand as-tu réalisé que tu tombais amoureux d'elle ? » Ses yeux étincellent. Ils sont pareils aux miens.

« Récemment, quand j'ai déconné. J'ai essayé de lutter, maman, mais elle est addictive. Pleine de compassion, magnifique, et aussi têtue qu'une mule.Elle veut conquérir le monde. » Je hausse les épaules.

« N'est-ce pas préférable aux femmes superficielles qui n'étaient intéressées que par ta fortune ? » me demande ma mère. Je la dévisage. « D'ailleurs, à ce propos, je serais ravie si tu cessais de te faire photographier avec Brooke. J'adore ses parents, mais ce n'est pas le genre de fille que je rêve d'avoir comme bru.

Aucun risque, ne t'inquiète pas. Je voulais juste enterrer une rumeur, » j'explique, et elle glousse.

« La fille sur la plage ? » Je hoche la tête. « Je les ai vues. C'était la stagiaire ?

Oui. »

Kenneth revient s'asseoir, et il nous regarde tour à tour.

« Pourquoi ta mère a-t-elle l'air inquiète ?

Damon a trouvé une petite amie, » déclare-t-elle, et je grimace. « Il a craqué sur une des stagiaires.

Nous sommes sortis ensemble avant la fin de son stage. Je ne voulais pas que ça se passe ainsi, mais c'est le cas. Comme elle va travailler en face, je pensais qu'on pourrait enfin cesser de se cacher. Mais elle... Je crois que mon passé lui fait peur. »

Ils éclatent tous les deux de rire. « Il y a de quoi, » dit ma mère, et Kenneth lui embrasse la main. « Mais si j'ai pu passer au-delà de toutes les histoires de celui-ci, tu peux avoir de l'espoir. Sors-lui le grand jeu. Montre-lui le grand homme que tu es. »

Sur la route du retour, je pense au conseil de ma mère. Je sais que je suis amoureux d'Elisa, et que je ne veux aucune autre femme dans ma vie. Il faut que je le lui fasse comprendre. Je demande à Mark ce qu'il en pense, et ses idées romantiques me font sourire.

Je peaufine mon plan pendant le week-end. Je fais une réservation pour le week-end suivant dans l'auberge où nous sommes allés la dernière fois à Cape Cod, dans la chambre la plus romantique que l'établissement possède. Puis je réserve dans plusieurs très bons restaurants, tout en nous laissant le temps de faire d'autres choses.

Le dimanche soir, je me couche en pensant à la surprise que je prépare pour Elisa, en espérant que mon plan fonctionne.

Au bureau, ce n'est pas la même chose sans elle. Sa présence me manque, son sourire magnifique et son rire adorable. Je regarde plusieurs fois son numéro sur mon téléphone, mais je me retiens de l'appeler pour le moment.

32

ELISA

Ma nouvelle entreprise est une version plus petite d'Elkus Manfredi, mais ça reste un nouvel environnement. Je me présente dans le bureau de Burt vêtue d'une nouvelle jupe droite noire et d'une chemise blanche, avec les chaussures qui me feront toujours penser à Damon.

Il me manque plus que je ne veux l'admettre. J'étais saoule, et stupide cette nuit-là dans le bar. J'ai expliqué à Vince et Autumn que j'avais trop bu et que j'étais partie parce que je me sentais mal. Il n'y a que Damon qui m'a vue courir et sauter dans un taxi, comme la poule mouillée que je suis.

Burt est bienveillant. Il me donne le même équipement que Damon, et me montre sa manière de travailler patiemment. Plusieurs fois, il me complimente sur ma rapidité pour intégrer de nouvelles informations, et à chaque fois j'attribue le crédit à Brent et Damon. Burt est surpris d'apprendre que j'ai été l'assistante de Damon, puisqu'il ne lui en avait pas parlé. « Vraiment ? » je lui demande, surprise.

« Damon m'a simplement dit que tu semblais faire du bon travail, et il m'a envoyé ton CV. Quand j'ai vu ton parcours, et après avoir discuté avec Brent, j'ai été convaincu. Tes notes sont très impressionnantes, » m'assure Burt.

Je suis épuisée après ma première journée, et je me sens assez mal. Je prends une douche rapide et je me mets en pyjama directement, pour aller me coucher. Je croyais que Damon avait utilisé ses connexions pour m'obtenir ce poste. Je me trompais. Il a juste donné mon nom, et c'est mon travail qui a payé. Je soupire. Je vérifie que j'ai bien mis le réveil sur mon téléphone, et je tape son numéro. J'ai envie de l'appeler, mais je me sens trop mal à l'aise. Il vaut mieux que je réfléchisse d'abord à ce que je vais lui dire.

La semaine passe en un clin d'œil, et jeudi est déjà là. Je déjeune assise derrière mon bureau en regardant mon téléphone, puis l'immeuble de Damon à travers la vitre. Plus le temps passe, plus je me sens idiote de vouloir l'appeler. Je repose le téléphone et je déchiquette mon sandwich en me maudissant d'avoir autant bu cette nuit-là. Hier, j'ai mangé avec Vince et Autumn, et ils m'ont parlé de leur nouveau projet. Ce côté de mon stage me manque beaucoup. Je sais que je reviendrai bientôt au design, mais pour l'instant, Burt me forme à mon rôle d'assistante. Je me force à sourire et à avoir confiance en l'avenir, même si je n'arrête pas de penser à Damon. Je n'ai pas osé poser de questions à son sujet à mes amis, pour ne pas éveiller de soupçons.

À la fin de la journée, je pars du bureau un peu déprimée et impatiente d'être en repos. Un passant m'arrête et me tend une rose, que j'accepte, surprise. Je croise une autre personne, que je ne connais pas, et qui fait la même chose. Mais qu'est-ce qui se passe ? Je continue ma route, et j'en reçois encore quelques unes, puis au bout de la rue, je vois Damon avec un énorme bouquet dans ses bras. « Qu'est-ce que tu fais ? »

J'essaie de te séduire, » répond-il en souriant. « Est-ce que ça marche ?

C'est créatif. J'aime les roses, » je réponds en sentant les fleurs.

« Je voulais t'appeler, mais je ne l'ai pas fait. Je me suis vraiment comportée comme une idiote ce soir-là.

J'ai compris mon erreur. Je pensais bien faire en te cachant mon passé, mais maintenant, je vois bien que ce n'était pas ce qu'il fallait faire. » Il me regarde intensément. « Tu m'as manqué. J'espérais qu'on pourrait dîner ensemble ce soir, et discuter un peu. »

Je regarde autour de moi, mais au fond, peu importe si on nous voit. Nous ne travaillons plus ensemble. Il y aura sûrement des rumeurs, mais ça m'est égal. J'ai juste envie d'apprendre à connaître Damon, même ce qui m'effraie chez lui. J'ai envie de décider en toute conscience si je souhaite m'engager avec cet homme. « Oui, j'aimerais beaucoup. Où veux-tu aller ? »

Il prend ma main et me tend le bouquet de roses. Les personnes que nous croisons sourient en nous voyant. Nous entrons dans un restaurant italien situé dans le quartier. Une fois installés, nous nous regardons sans rien dire jusqu'à ce que la serveuse nous apporte du vin.

Il nous sert, et lève son verre. « À nous. » Je trinque avec lui, et il me fait un grand sourire.

« Je suis désolée d'avoir flippé de la sorte, Damon. J'aurais simplement dû te poser la question quand j'ai eu des doutes. »

Pendant le dîner, nous parlons des femmes qu'il a connues. Il m'explique qu'il a eu un passé chargé, et qu'il a fait quelques erreurs, mais que cette époque est révolue. Il a compris qu'il voulait simplement être avec moi. Je lui dis que je ressens la même chose, et nous nous regardons en silence un moment.

« J'aimerais t'emmener à nouveau sur la côte demain soir. J'ai réservé pour deux nuit, pour qu'on puisse vraiment visiter le coin, » me dit-il lorsque nous quittons le restaurant. Je lève les yeux vers lui. « J'ai vraiment besoin de sortir un peu de la ville.

Je crois que moi aussi. »

Il me demande si je veux bien venir chez lui, et j'accepte. Nous marchons côte à côte et il me demande comment se passe mon nouvel emploi. Je lui explique que je me sens encore un peu perdue par moments, même si Burt m'a assuré que je m'en sortais très bien. Damon me dit qu'il n'en doute pas. C'est normal d'être un peu désorientée au début, mais bientôt je me sentirai comme chez moi. Il m'explique qu'il a pensé que ça me ferait du bien de changer d'air, et que c'est pour ça qu'il a organisé ce petit voyage. Je lui souris alors qu'il ouvre la porte de son appartement.

Le salon est rempli de roses. Je pousse un petit cri. « Je me suis dit que tu n'avais pas encore d'appartement à toi, donc j'ai pensé qu'il valait mieux que je les laisse ici. Où en es-tu de ce côté-là ?

Je suis restée à la colocation. Je sais que tu m'aurais laissé avoir l'appartement, mais je me suis dit que je trouverai quelque chose par mes propres moyens à la fin de l'année scolaire. » Je souris. « Peut-être que ma colocataire Melody habitera avec moi. Elle aussi, elle déteste cette colocation, et on s'entend bien. »

Il fait une petite grimace, et je le regarde. « Qu'y-a-t-il ? Elle est très gentille. Je te promets.

J'ai juste envie d'être seul avec toi, c'est tout. »

Sa mine est boudeuse, et je m'approche de lui, retenant mon souffle. Je n'ai pas les mots pour décrire à quel point Damon m'a manqué, mais j'espère que mon regard le lui fait comprendre. Je prends son visage entre mes mains, et je me hisse sur la pointe des pieds.

« On passera beaucoup de temps tous les deux, quoi qu'il arrive. » Je pose délicatement mes lèvres contre les siennes, et il passe ses bras autour de ma taille. « Tu me consumes. » Je l'embrasse entre chaque phrase. « Je n'arrête pas de penser à toi. »

Un autre baiser. « Je ne veux pas vivre sans toi. » Mon baiser est un peu plus pressant. « Je ne veux plus m'inquiéter pour des conneries. » Le dernier baiser est passionné, et il me serre fort contre lui.

« Tu penses que c'est une mauvaise idée de coucher ensemble avant de partir en vacances ? » me demande-t-il, et je glousse et le serrant plus fort.

« Non, c'est une idée parfaite. J'en ai très envie. » Il me soulève et il me porte jusqu'à sa chambre à coucher. Je me demande pourquoi nous n'allons pas dans l'autre pièce, mais je ne dis rien. Il me déshabille et se met à embrasser chaque centimètre de ma peau lentement, faisant monter mon désir avant de s'éloigner. Je le supplie de me prendre alors que la frustration devient presque douloureuse, et une larme coule sur ma joue lorsqu'il descend entre mes jambes et se met à me lécher la chatte.

« Cette chatte est à moi. Tu m'entends ? » me demande-t-il, avant de prendre mon clitoris entre ses dents.

« Oui, elle est à toi, » je gémis en m'agrippant au drap alors qu'il me fait des choses délicieuses. Je jouis bruyamment alors qu'il suce mon clitoris, et je crie son nom en le serrant contre moi.

« Je n'ai pensé à aucune autre femme depuis que je te connais. Tu m'obsèdes. » Il se redresse, et vient se mettre entre mes jambes. « Je ne veux que toi, Elisa.

Je te veux, » je réponds dans un murmure.

Il me regarde intensément avant de plonger en moi. Je gémis à son contact, je le sens me remplir. Je l'attire contre moi et il me mordille le cou, et il continue ses coups de rein, de plus en plus fort.

Nous jouissons ensemble, et je me cambre alors qu'il vient mordiller mon téton. « Oh, oh, oh. » Je me laisse aller. J'ai envie de lui avouer mes sentiments, mais je décide d'attendre un moment approprié au cours du week-end.

Je dors dans ses bras, et le matin Mark me dépose chez moi pour que je puisse me changer avant d'aller au travail. Je me douche rapidement et je passe une robe. Je n'ai pas énormément d'affaires à préparer pour notre week-end, nous ne partons que deux jours. Je m'en occuperai ce soir.

Je passe la journée sur un petit nuage, et j'essaie difficilement de me concentrer sur mon travail. Je commence à prendre mes marques, mais je n'arrête pas de penser à Damon, et je regarde souvent en direction de la firme par la fenêtre. Damon a été parfait hier soir. J'ai eu l'impression d'être la seule femme au monde pour lui, et dans sa vie. Nous nous retrouvons pour déjeuner. Nous mangeons un sandwich en discutant du week-end à venir en nous tenant par la main. Je l'embrasse en plein rue, car peu m'importe si on nous voit. Ma vie est en train de devenir ce dont j'ai toujours rêvé.

Je rentre chez moi et je fais mes affaires à la hâte, puis j'appelle Damon pour lui dire que je suis prête. Il me promet de passer me chercher dans quelques minutes. Melody me regarde en souriant, assise sur son petit lit. « Amuse-toi bien. » Elle a un petit ami depuis quelques temps, et les choses ont l'air de bien se passer entre eux. Ils ont prévu d'aller voir un concert et de dormir à l'hôtel demain.

« Toi aussi. Passe le bonjour à Jared de ma part ! » Je lui fais un clin d'œil, puis je prends mon sac et je descends rejoindre Damon. Nous rions sur tout le chemin. Nous nous arrêtons pour dîner dans un petit restaurant sur la route, puis nous allons directement à l'auberge.

La chambre est encore plus luxueuse que la dernière fois. Elle est plus grande, avec un jacuzzi dans la salle de bain, et un immense balcon qui donne sur l'océan. Mais il fait aussi plus froid. « Un jour, nous viendrons ici quand on pourra sortir en short, » me promet Damon en souriant alors que j'admire le paysage.

« Ce n'est pas grave. C'est magnifique. » Je l'embrasse tendrement. Nous nous prélassons un peu dans le jacuzzi avant de regarder un film au lit. Je suis dans ses bras, et je soupire, ravie. « Merci. J'en avais besoin, et j'avais besoin que tu sois avec moi. »

33

DAMON

Je la regarde dormir après que nous ayons fait l'amour. Son visage reposé est magnifique. Elle était déchaînée ce soir, elle a pris le contrôle en me faisant rouler sur le dos. Je pensais lui parler de mon idée ensuite, mais nous étions tous les deux fatigués. Nous avons deux jours ici, sans aucune obligation, sinon quelques réservations dans des restaurants. Ça va être parfait.

Je me réveille et je vois le ciel s'éclaircir par le balcon. Je secoue délicatement Elisa pour qu'elle puisse voir le soleil se lever. Elle prend des photos avec son appareil, essayant différents angles pendant que je ne la quitte pas des yeux. « Nous irons aussi le voir se coucher depuis une plage, » je lui propose, et elle acquiesce. Lorsque nous avons froid, Elisa m'attire vers le lit en m'embrassant et en collant son corps contre moi. Elle doit savoir que je ne peux pas résister à ses tétons durs contre mon torse.

Nous faisons l'amour plusieurs fois, et nous nous assoupissons dans la chambre luxueuse. Lorsqu'on se réveille, on est affamés et on a envie de café. Nous prenons une douche rapide et nous nous rendons dans le bistro rattaché à l'auberge, et nous déjeunons en regardant l'océan. Il fait assez chaud pour aller se promener aujourd'hui, et nous en profitons. Nous découvrons de nouvelles plages, et d'autres boutiques en centre-ville. Elisa a l'air d'adorer le village, et je sens que je tombe encore plus amoureux d'elle.

Nous dînons dans un restaurant très agréable, et nous regardons le soleil se coucher avant de rentrer dans notre chambre. Elle me propose de retourner dans le jacuzzi, et elle s'installe conte moi en soupirant d'aise. « Merci. Cette journée était parfaite.

Elisa, je voulais te demander quelque chose. » Je la sens se tendre contre moi. « J'ai beaucoup réfléchi, depuis que l'on a commencé à se fréquenter. Notre histoire m'a beaucoup fait changer, et c'était déstabilisant mais aussi très instructif.

Je suis d'accord, » dit-elle en gloussant, et en glissant sa main entre mes jambes.

« Je pense que je le savais dès le départ, mais j'avais besoin de réfléchir. D'être prêt à le dire. Je t'aime. » Je la sens se raidir, et ses ongles griffent ma peau.

« Tu m'aimes ?

Oui. Je t'aime comme un fou, et je veux que tu le saches. Il y a autre chose.

Oh, mon dieu. » Sa voix n'est qu'un murmure. J'embrasse son crâne.

« Ne t'inquiète pas. Je compte acheter un immeuble d'appartements très bientôt, pour faire un investissement. Il est très joli, près du bureau, et bien plus sûr que le taudis dans lequel tu vis actuellement. » Elisa ouvre la bouche, mais je lui fais signe d'attendre. « Je peux t'offrir un appartement là-bas, et un pour ta mère. Mais je préférerais que tu emménages chez moi. »

Elle se met à pleurer. « Moi aussi, je t'aime. J'ai détesté être loin de toi. » Elle essuie ses yeux, et je la serre contre moi. « Je veux vivre avec toi. Nous avons passé suffisamment de temps séparés.

Alors, donne ton préavis à notre retour, et ramène-toi chez moi, » je la taquine en lui embrassant le cou. « Nous sommes prêts, Elisa. »

Nous restons longtemps dans l'eau chaude, puis nous allons nous mettre au lit. Je laisse seulement la lampe de chevet allumée, et je l'embrasse, plus heureux que jamais. « Encore une chose. J'aimerais que ta mère et toi veniez passer Thanksgiving avec ma famille. Tu veux bien ?

Je vais rencontrer tes parents ? » s'écrie-t-elle, et je l'embrasse à nouveau.

Nous faisons l'amour, elle est sur le ventre, les fesses en l'air, et je la prends puissamment. Je l'ai faite jouir une première fois avec ma bouche, et elle est toute serrée et mouillée. Nous nous réveillons plusieurs fois pour recommencer, et au petit matin, nous regardons le soleil se lever. Elisa me propose d'aller se promener sur la plage pour ramasser des coquillages, et nous nous habillons.

Elle trouve plusieurs coquillages et des cailloux, qu'elle dépose dans le sac qu'elle a pris avec elle. Tout est tranquille, et j'ai l'impression que nous sommes les deux seules personnes au monde. « C'est génial ici, hein ?

Oui. C'est tellement différent de la ville... J'adore Boston aussi, mais cet endroit va me manquer.

Nous pourrions acheter une maison ici dans le futur. Pour venir passer les week-ends et se détendre. On en choisira une assez grande pour accueillir notre famille. » Elle m'embrasse tendrement. « Je t'aime.

Je t'aime. » Nous retournons à la voiture en nous tenant par la main, en admirant le paysage.

Nous reprenons la route dans l'après-midi, et Elisa emménage chez moi dans le semaine qui suit. Elle a donné un mois de loyer en avance à ses colocataires pour qu'elles ne soient pas ennuyées. Le soir de son emménagement, je l'emmène dîner au restaurant.

Quelqu'un apprend qu'on est en couple au travail, mais j'assure à tout le monde que notre histoire a commencé après qu'elle ait quitté l'entreprise. Au bout d'une semaine ou deux, plus personne n'y fait vraiment attention, et de nombreuses personnes m'avouent qu'elles me trouvent changé pour le mieux. On me dit que je suis de meilleure humeur, et que ça fait de moi un meilleur PDG.

Ende

© Copyright 2020 by Rebecca Armel eit Kiss and Love Books tous droits réservés.

Il est interdit de reproduire, photocopier, ou transmettre ce document intégralement ou partiellement, dans un format électronique ou imprimé. L'enregistrement électronique est strictement interdit, et le stockage de ce document n'est pas autorisé sauf avec permission de l'auteur et de son éditeur. Tous droits réservés.

Les auteurs respectifs possèdent tous les droits d'auteurs qui ne sont pas détenus par l'éditeur.

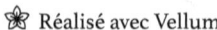 Réalisé avec Vellum

www.ingramcontent.com/pod-product-compliance
Lightning Source LLC
LaVergne TN
LVHW021701060526
838200LV00050B/2458